Maigret en la audiencia de Arizona

Georges Simenon, nacido en 1903 en Lieja (Bélgica), dio sus primeros pasos como reportero y como autor de novelas populares escritas bajo seudónimo. En 1931 publicó, por primera vez con su propio nombre, *Pietr, el Letón*, que presentaba al imperturbable comisario de policía parisino Jules Maigret, personaje que retomó en novelas y relatos a lo largo de las cuatro décadas siguientes, mientras su obra más amplia le granjeaba la reputación de ser uno de los escritores esenciales del siglo xx. Viajero intrépido, con un profundo interés en la gente, Simenon se esforzó, en la literatura y en la realidad, por comprender —y no por juzgar— la condición humana en todos sus matices. Sus libros figuran entre los más leídos del canon mundial.

GEORGES SIMENON

Maigret en la audiencia de Arizona

Traducción de
Leandro Rojo

DEBOLS!LLO

Papel certificado por el Forest Stewardship Council®

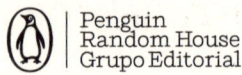

Penguin
Random House
Grupo Editorial

Título original: *Maigret chez le coroner*

Primera edición: junio de 2025

Printed in Spain – Impreso en España

ISBN: 978-84-663-8218-2
Depósito legal: B-6.330-2025

Compuesto en M. I. Maquetación, S. L.

Impreso en Black Print CPI Ibérica
Sant Andreu de la Barca (Barcelona)

P 3 8 2 1 8 2

Maigret en la audiencia de Arizona

1

Maigret, *deputy-sheriff*

—¡Eh! ¡Usted…!

Maigret se volvió, como cuando estaba en la escuela, para ver a quién se dirigían.

—Sí, usted, ese de ahí…

Y el escuálido anciano, de enormes bigotes blancos, que parecía sacado de la Biblia, tendía su brazo tembloroso. ¿Hacia quién? Maigret miraba a su vecinos, a su vecina. Por fin se dio cuenta, confuso, de que todo el mundo se había vuelto hacia él, incluidos el juez instructor, el sargento de las Fuerzas Aéreas, a quien estaban interrogando, el fiscal, los miembros del jurado y los *sheriffs*.

—¿Yo? —preguntó, haciendo ademán de levantarse, sorprendido de que lo necesitasen.

Todo el mundo sonreía, como si cada uno de ellos, menos él, estuviese al corriente.

—Sí —dijo el viejo que se parecía a Ezequiel y también a Clemenceau—. ¿Quiere usted apagar su pipa inmediatamente?

Maigret ni siquiera se había dado cuenta de que la había encendido. Desconcertado, se sentó balbuciendo excusas, mientras los demás reían de forma amistosa.

Aquello no era un sueño. Estaba bien despierto. Era él, el comisario Maigret, de la policía judicial, quien estaba allí, a más de diez mil kilómetros de París, asistiendo a la investigación dirigida por un juez que no llevaba ni chaqueta ni chaleco y que, sin embargo, tenía el aspecto serio y bien educado de un empleado de banco.

En el fondo, se daba cuenta de que su colega Cole se había deshecho de él amablemente, pero no le guardaba rencor al oficial del FBI, pues él habría hecho lo mismo en su lugar. ¿Acaso él no había actuado del mismo modo dos años antes, cuando le encargaron hacer de guía en Francia para su colega el señor Pike, de Scotland Yard, a quien había dejado muchas veces solo en una terraza, como quien deja un paraguas en un perchero, diciéndole con una sonrisa tranquilizadora: «Enseguida vuelvo…».

Con la diferencia de que los americanos eran más cordiales. Tanto en Nueva York como en cualquiera de los diez u once estados que acababa de atravesar, en todas partes le daban palmaditas en la espalda.

—¿Cuál es su nombre de pila?

No podía decirles que no tenía. No le quedaba otra que confesar que se llamaba Jules. Entonces su interlocutor reflexionaba un momento.

—¡Oh!, *yes*…, Julius!

Ellos lo pronunciaban «Djulius», lo que no le parecía tan mal.

—*Have a drink*, Julius! (¡Toma algo, Jules!).

Y así, a lo largo de todo el camino, había bebido en muchísimos bares un número incalculable de cervezas, de manhattans y de whiskies.

Hacía poco que había bebido, antes de comer, en compañía del alcalde de Tucson y del *sheriff* del condado, a quienes Harry Cole le había presentado.

Lo que más le sorprendía no eran tanto el decorado y tampoco la gente, sino él mismo, o, mejor dicho, el hecho de que él, Maigret, estuviera allí, en una ciudad de Arizona, y que en ese momento, por ejemplo, se encontrara sentado en un banco de una pequeña sala de un juzgado de paz.

Si bien bebieron antes de sentarse a la mesa, luego, durante la comida solo les sirvieron agua helada. El alcalde se había mostrado muy amable con él. En cuanto al *sheriff*, le había entregado un papelito y una placa de plata de *deputy-sheriff*, como las que se ven en las películas de vaqueros

Era la octava o la novena que recibía de ese tipo; ya era *deputy-sheriff* de ocho o nueve condados, de Nueva Jersey, de Maryland, de Virginia, de Carolina del Norte o del Sur, ya no sabía muy bien, de Nueva Orleans y de Texas.

En París, a veces, había tenido que recibir a colegas extranjeros; pero era la primera vez que, por su parte, realizaba un viaje de esa clase, un viaje de estudios, como se dice oficialmente, «para ponerse al corriente de los métodos americanos».

—Debería usted pasar unos días en Arizona antes de ir a California. Le queda de camino.

Todo quedaba de camino. Así, le hacían recorrer centenares de kilómetros. Lo que aquella gente llamaba un pequeño rodeo era un rodeo de tres o cuatro días.

—¡Es aquí al lado!

Aquello significaba que estaba a una distancia de una o dos veces la de París a Marsella, y, a veces, viajaba en coche un día entero, sin conseguir ver una verdadera ciudad.

—Mañana —le había dicho Cole, el hombre del FBI que se encargaba de Maigret en Arizona— iremos a echar un vistazo a la frontera mexicana. Está a dos pasos de aquí.

Esa vez, aquello significaba unos cien kilómetros.

—Eso le interesará. Por la ciudad fronteriza de Nogales, situada entre los dos países, entra la mayor parte de la marihuana.

Maigret ya sabía que la marihuana, una planta mexicana, estaba sustituyendo poco a poco, entre los adictos, el opio y la cocaína.

—También por ahí salen la mayoría de los coches robados en California.

Harry Cole debía de tener algo que hacer aquella tarde, pues le había dicho:

—Precisamente hay una vista ante el juez. ¿Le gustaría asistir?

Había acompañado e instalado a Maigret en uno de los tres bancos de la pequeña sala de paredes blancas, en la que había una bandera americana detrás del juez de paz, quien hacía las funciones de juez de instrucción. Cole no le había dicho a su colega francés que iba a dejarlo solo allí. Se había alejado de Maigret para estrechar manos y dar palmaditas en las espaldas. Después regresó junto a él y le dijo, como la mar de tranquilo:

—Volveré a recogerle dentro de un rato.

Maigret ignoraba qué se estaba juzgando. En la sala nadie llevaba chaqueta. Es cierto que hacía una temperatura de unos cuarenta y cinco grados. Los seis miembros del jurado estaban sentados en el mismo banco que él, al otro extremo, del lado de la puerta, y entre ellos había un negro, un indio de mandíbulas enormes, un mexicano que se parecía un poco a los dos primeros y una mujer de cierta edad que llevaba un vestido estampado y un sombrero colocado de un modo divertido sobre la frente.

De vez en cuando Ezequiel se levantaba e intentaba regular el enorme ventilador que giraba en el techo, haciendo tanto ruido que apenas se oía lo que se decía en la sala.

Todo parecía desarrollarse afablemente. Si hubiesen estado en Francia, Maigret habría dicho «como en familia». El juez se hallaba en el estrado, y sobre su inmaculada camisa blanca llevaba una corbata de seda rameada.

El testigo, o el acusado, Maigret no estaba seguro, se hallaba sentado en una silla cerca de él. Era un sargento de aviación con uniforme de dril beis. Había otros cuatro, en fila, frente a los miembros del jurado, que parecían colegiales demasiado crecidos.

—Cuéntenos lo que pasó la tarde del veintisiete de julio.

Se trataba del sargento Ward; Maigret había oído antes su nombre. Debía de medir un metro ochenta y cinco, por lo menos, y tenía los ojos azules y unas espesas cejas, que se le juntaban en el nacimiento de la nariz.

—Fui a buscar a Bessy a su casa hacia las siete y media.

—Hable más alto. Vuélvase hacia los miembros del jurado. ¿Lo oyen bien, señores del jurado?

Esos señores hicieron señas de que no oían. El sargento Ward tosió para aclararse la voz.

—Fui a buscar a Bessy a su casa hacia las siete y media.

Maigret tenía que esforzarse doblemente, pues no había tenido ocasión de practicar el inglés desde el colegio; se le escapaban algunas palabras y ciertas frases con giros extraños lo confundían.

—¿Está usted casado y tiene dos hijos?

—Sí, señor.

—¿Desde cuándo conoce usted a Bessy Mitchell?

El sargento reflexionó, como un alumno aplicado antes de contestar una pregunta del maestro. Miró un instante a alguien que estaba sentado al lado de Maigret y a quien este aún no conocía.

—Desde hace seis semanas.

—¿Dónde la conoció?

—En un *drive-in*, donde trabajaba de camarera.

Maigret ya sabía qué eran los *drive*-in. Aquellos que se encargaban de acompañar a Maigret detenían a menudo el coche, especialmente de noche, ante un pequeño establecimiento al borde de la carretera. No era necesario salir del coche. Se acercaba una joven, les tomaba nota y luego les llevaba unos sándwiches, unos perritos calientes o unos espaguetis en una bandeja que se ajustaba a la portezuela del coche.

—¿Mantuvo usted relaciones sexuales con ella?

—Sí, señor.

—¿Aquella misma noche?

—Sí, señor.

—¿Dónde?

—En el coche. Nos detuvimos en el desierto.

El desierto, arena y cactus, empezaba a las mismas puertas de la ciudad. Incluso había zonas desérticas entre ciertos barrios.

—¿Volvió a verla a menudo después de esa fecha?

—Unas tres veces por semana.

—¿Y mantenía relaciones sexuales cada vez que se veían?

—No, señor.

Maigret casi esperaba oír al pequeño y meticuloso juez preguntar: «¿Por qué?».

Pero este preguntó:

—¿Cuántas veces?

—Una vez a la semana.

El comisario sonrió ligeramente.

—¿Siempre en el desierto?

—En el desierto y en su casa.

—¿Vivía sola?

El sargento Ward miró las caras de aquellos que estaban en los bancos y señaló a una joven sentada a la izquierda de Maigret.

—Vivía con Erna Bolton.

—¿Qué hizo usted el día veintisiete después de ir a buscar a Bessy Mitchell a su casa?

—La llevé al Penguin Bar, donde me esperaban mis amigos.

—¿Qué amigos?

Esta vez señaló a los otros cuatro soldados con uniforme de aviación y los nombró uno por uno.

—Dan Mullins, Jimmy Van Fleet, O'Neil y Wo Lee.

Este último era un chino que aparentaba apenas dieciséis años.

—¿Había otras personas con usted en el Penguin Bar?

—No, señor. En nuestra mesa no había nadie más.

—¿Había gente en otras mesas?

—Estaba el hermano de Bessy, Harold Mitchell.

Era el vecino de la derecha de Maigret, quien se había fijado en él porque tenía un grueso forúnculo bajo la oreja.

—¿Estaba solo?

—No. Estaba con Erna Bolton, el músico y Maggie.

—¿Qué edad tenía Bessy Mitchell?

—Me dijo que tenía veintitrés años.

—¿Sabía usted que, en realidad, solo tenía diecisiete y que, por tanto, no podía tomar alcohol en un bar?

—No, señor.

—¿Está seguro de que no se lo dijo el hermano de ella?

—Me lo dijo más tarde, cuando ella se puso a beber whisky de la botella en casa del músico. Me dijo que no quería que hiciéramos beber a su hermana, porque era menor de edad y era él el encargado de vigilarla.

—¿Ignoraba usted que Bessy estaba casada y divorciada?

—No, señor.

—¿Le prometió usted casarse con ella?

El sargento Ward dudó visiblemente.

—Sí, señor.

—¿Pensaba divorciarse para casarse con ella?

—Le dije que lo haría.

En el marco de la puerta había un *deputy-sheriff* —¡un colega!— con pantalones de tela de un tono amarillento y la camisa desabrochaba, que llevaba un cinturón de cuero lleno de cartuchos; un enorme revólver de cachas de asta le colgaba del costado.

—¿Bebieron todos juntos?

—Sí, señor.

—¿Bebieron mucho? ¿Cuántas copas aproximadamente?

Ward cerró un instante los ojos para hacer un cálculo mental.

—No las conté. Pero, por las rondas que trajeron, serían unas quince o veinte cervezas.

—¿Cada uno?

Y el sargento contestó con toda naturalidad:

—Sí, señor. Y también algunos whiskies.

Cosa curiosa: nadie pareció sorprenderse demasiado.

—¿Fue en el Penguin donde tuvo usted un altercado con el hermano de Bessy?

—Sí, señor.

—¿Es cierto que él le reprochó que mantuviera usted relaciones con su hermana siendo usted un hombre casado?

—No, señor.

—¿Nunca se lo reprochó? ¿No le pidió que se alejara de su hermana?

—No, señor.

—Entonces ¿por qué motivo discutieron ustedes?

—Porque le pedí el dinero que me debía.

—¿Le debía una cantidad importante?

—Unos dos dólares.

Lo que costaba apenas una de las numerosas rondas del Penguin Bar.

—¿Llegaron a pelearse?

—No, señor. Salimos fuera, aclaramos las cosas y volvimos a entrar para seguir bebiendo juntos.

—¿Estaba usted borracho?

—No mucho todavía.

—¿No pasó nada más en el Penguin?

—No, señor.

—En resumidas cuentas, que estuvieron bebiendo. Estuvieron bebiendo hasta la una de la madrugada, hora en la que cierra el bar.

—Sí, señor.

—¿Uno de sus compañeros no intentó seducir a Bessy?

El sargento Ward permaneció unos instantes en silencio, y finalmente admitió:

—El sargento Mullins.

—¿Le habló usted de lo que estaba haciendo?

—No. Me las arreglé para que no estuviera al lado de Bessy.

Su compañero Mullins era tan alto como él, moreno también; a las chicas debía de parecerles guapo. Se parecía a alguna estrella de cine, aunque no pudiera precisarse exactamente a cuál.

—¿Qué pasó a la una de la madrugada?

—Nos fuimos a casa del músico Tony Lacour.

Este debía de encontrarse en la sala, pero Maigret no lo conocía.

—¿Quién pagó las dos botellas de whisky que se llevaron?

—Creo que Wo Lee pagó una de las botellas.

—¿Bebió con ustedes durante toda la noche?

—No, señor. El cabo Wo Lee ni bebe ni fuma, pero insistió en pagar algo.

—¿Cuántas habitaciones tiene el apartamento del músico?

—… Un dormitorio…, una pequeña sala…, un cuarto de baño y una cocina…

—¿En qué habitación estuvieron ustedes?

—En todas, señor.

—¿En cuál de ellas discutió usted con Bessy?

—En la cocina. No discutimos. Encontré a Bessy bebiendo whisky a morro. No era la primera vez que eso pasaba.

—¿Quiere decir la primera vez aquella noche?

—Quiero decir que ya lo había hecho otras veces antes del veintisiete de julio. No quería que bebiese demasiado porque luego se encontraba fatal.

—¿Bessy estaba sola en la cocina?

—Estaba con él.

Señaló al sargento Mullins con un movimiento de cabeza.

Y Maigret, que un rato antes se sentía pesado y soñoliento y que no sabía nada del asunto, abrió varias veces la boca como si una pregunta le quemase en los labios.

—¿Quién propuso ir en coche a Nogales a pasar el resto de la noche?

—Bessy.

—¿Qué hora era?

—Alrededor de las tres de la mañana. Quizá las dos y media.

Nogales era la ciudad fronteriza, donde Harry Cole quería llevar al comisario. Mientras que en Tucson los bares cerraban a la una de la madrugada, al otro lado de la valla uno podía beber toda la noche.

—¿Quiénes subieron el coche?

—Bessy y mis cuatro compañeros.

—¿No fue con ustedes el hermano de Bessy, ni el músico, ni Erna Bolton, ni Maggie Wallach?

—No, señor.

—¿No sabe usted lo que hicieron después?

—No, señor.

—¿Cómo se colocaron en el coche al principio?

—Bessy iba delante, entre el sargento Mullins y yo, que iba conduciendo. Los otros tres iban detrás.

—¿No detuvo usted el coche un poco antes de salir de la ciudad?

—Sí, señor.

—Y usted le pidió a Bessy que cambiara de sitio. ¿Por qué?

—Para que no estuviera al lado de Dan Mullins.

—Le pidió que se sentara detrás, y el cabo Van Fleet ocupó el lugar de ella. ¿No le molestaba que Bessy estuviera detrás de usted, en la oscuridad y con dos hombres?

—No, señor.

De repente, sin que nada lo hiciese suponer, el juez indicó:

—¡Se suspende la vista!

Se levantó y se dirigió hacia el despacho contiguo, en cuya puerta acristalada estaba escrita la palabra PRIVADO. Ezequiel sacó una enorme pipa de su bolsillo y la encendió, mientras dirigía una curiosa mirada a Maigret.

Todo el mundo salía de la sala: los miembros del jurado, los soldados, las mujeres y los escasos curiosos.

Estaban en la planta baja de un amplio edificio de estilo español, con columnas alrededor de un patio, del que un ala albergaba la prisión, y la otra, los diferentes servicios administrativos del condado.

Los cinco hombres de las Fuerzas Aéreas se sentaron al borde de las columnas, y Maigret advirtió que ninguno de ellos se dirigía la palabra. Hacía un calor sofocante. En un rincón de la galería, había una especie de máquina de color rojo, en la que la gente echaba una moneda de cinco centavos por una ranura y recibía a cambio una botella de Coca-Cola.

Todos se acercaban a ella, incluso el hombre del pelo canoso, que debía de ser el fiscal del condado. Todos bebían directamente de la botella, sin que eso les importase, y después dejaban el envase vacío en un cesto.

Maigret se sentía casi como un niño durante el primer recreo en una nueva escuela, pero aun así no tenía el menor deseo de que Harry Cole fuese a recogerlo enseguida.

Hasta entonces jamás había asistido a un juicio sin chaqueta, y esa cuestión respecto a la indumentaria le había planteado un problema. Desde que había atravesado cierto lugar, en Virginia, comprendió que no podía seguir llevando chaqueta y cuello postizo todo el día.

Por otra parte, siempre había usado tirantes. Sus pantalones, de corte francés, le subían hasta la mitad del pecho.

Ya no recordaba en qué ciudad uno de sus colegas lo había llevado a la fuerza a una de las tiendas de confecciones, y había hecho que comprara uno de aquellos pantalones ligeros que allí usaban a todos los hombres, con un cinturón de cuero, cuya enorme hebilla de plata tenía una cabeza de toro.

Otros, procedentes del Este, se mostraban menos modestos y se precipitaban a un almacén, del que salían vestidos de vaqueros de pies a cabeza.

Maigret había observado que dos de los miembros del jurado, a pesar de tener el aspecto de gente muy tranquilas, llevaban bajo el pantalón botas de tacón alto con incrustaciones multicolores.

Los revólveres de tambor que adornaban la cintura de los *sheriffs* le fascinaban, porque eran exactamente iguales a los que había visto desde su infancia en las películas del Oeste.

—*Hello!* ¡Señores del jurado…! —los llamó sin cumplidos Ezequiel, como un maestro de escuela que reuniera a la chiquillería.

Dio una palmada y vació contra su talón la pipa, vigilando la de Maigret con el rabillo del ojo.

Ese Maigret ya no era tan novato. Encontró enseguida su asiento, con la diferencia de que Harold Mitchell, el hermano del tipo del forúnculo bajo la oreja, y Erna Bolton, a quienes el comisario había separado antes involuntariamente, ahora se habían sentado juntos y hablaban en voz baja.

En definitiva, no sabía aún si en aquella historia de cerveza, de whisky y de relaciones sexuales semanales había algún muerto. Lo que sí conocía por encima, pues había asistido a otra vista en Inglaterra, era cómo funcionaba esta.

El sargento Ward, con expresión tranquila y algo tímida, había regresado a su sitio. Ezequiel estaba de nuevo ocupado con el ventilador y el juez preguntaba con aire indiferente:

—Usted detuvo el coche a unos trece kilómetros de la ciudad, un poco más allá del campo de aviación municipal. ¿Por qué?

Maigret no acabó de entenderlo. Por suerte, Ward hablaba tan bajo que le pidieron que repitiese la respuesta, y el sonrojo del enorme muchacho hizo que Maigret por fin lo entendiese.

—Servicio de letrinas, señor.

Quizá no encontró otras palabras más decentes para decir que había ido a orinar.

—¿Bajaron todos del coche?

—Sí, señor. Yo me alejé unos diez metros.

—¿Solo?

—No, señor. Con él.

Señaló de nuevo a Mullins, a quien parecía guardar rencor.

—¿No sabe usted adónde fue Bessy durante todo ese tiempo?

—Supongo que se alejó también del coche.

Era difícil olvidar las veinte botellas que se había tomado cada uno.

—¿Qué hora era?

—Supongo que entre las tres y las tres y media de la mañana. No lo sé exactamente.

—¿Vio a Bessy cuando usted regresó al coche?

—No, señor.

—¿Y a Mullins?

—Volvió unos instantes después.

—¿De dónde?

—No lo sé.

—¿Qué les dijo usted a sus compañeros?

—Les dije: «¡Que se vaya al diablo esa chica! ¡Así aprenderá!».

—¿Por qué?

—Porque ya había ocurrido lo mismo otras veces.

—¿Qué había ocurrido otras veces?

—Que se hubiera ido sin decirme nada.

—¿Dio usted media vuelta?

—Sí. Recorrí unos cien metros en dirección a Tucson y bajé del coche.

—¿Por qué?

—Supuse que ella querría volver al coche y quise darle la oportunidad de hacerlo.

—¿Estaba borracha?

—Sí, señor. Pero eso también le había pasado antes. Aun estando borracha, sabía lo que hacía.

—¿Dónde fue usted al bajar del coche?

—Anduve hacia la vía del ferrocarril, que corre paralela a la carretera, a unos cincuenta metros dentro ya del desierto.

—¿Subió usted al terraplén?

—Sí, señor. Recorrí unos cien metros y me detuve aproximadamente en el sitio donde Bessy nos había dejado. Grité su nombre.

—¿Muy fuerte?

—Sí. No la vi ni me contestó. Pensé que quería hacerme rabiar.

—Y usted regresó al coche. ¿Le dijeron algo sus compañeros cuando vieron que arrancaba el coche para volver a Tucson sin preocuparse más por la chica?

—No, señor.

—¿Considera que ha actuado usted como un caballero al abandonar a una joven, en plena noche, en mitad del desierto?

Ward no contestó; se limitó a permanecer con la cabeza baja, y Maigret pensó que sus gruesas cejas le daban un aire obstinado.

—¿Regresó usted directamente a su base?

Se trataba de Davis-Monthan, una de las principales bases de los B-29, que estaba a unos diez kilómetros de Tucson, en distinta dirección.

—No, señor. Dejé a tres de mis compañeros en la ciudad, cerca de la estación de autobuses.

—Uno de ellos se quedó con usted. ¿Quién?

—El sargento Mullins.

—¿Por qué?

—Yo quería buscar a Bessy.

—¿Regresó usted a la carretera de Nogales?

—Sí, señor. Me detuve aproximadamente en el mismo sitio donde nos habíamos parado la primera vez.

—¿Volvió a la vía del ferrocarril?

Hubo un silencio bastante largo.

—No. No creo. No recuerdo haber bajado del coche.

—¿Qué hizo entonces?

—No lo sé. Me desperté al volante, con el coche en dirección hacia Tucson y ante un poste del telégrafo. Recuerdo el poste y un cactus muy cerca de mí.

—¿Seguía Mullins con usted?

—Dormía a mi lado con la barbilla apoyada en el pecho.

—En definitiva, si lo he entendido bien, no recuerda usted nada de lo que pasó antes de despertarse delante del poste de telégrafos.

A Ward le temblaron los labios, y Maigret supo entonces que el sargento iba a confesar algo importante.

—No, señor. Estaba bajo el efecto de una droga.

—¿Quiere decir usted que no estaba borracho?

—A menudo he bebido tanto como aquella noche o más aún. Y nunca he perdido la conciencia. Nadie me ha hecho perder jamás la conciencia. Sé cuánto aguanto el alcohol. Esa noche me dieron alguna droga.

—Entonces ¿usted cree que le pusieron algo en la bebida?

—O en algún cigarrillo. Cuando me desperté, saqué maquinalmente mis cigarrillos del bolsillo. Eran Camel y, sin embargo, yo solo fumo Chesterfield. Me fumé un cigarrillo de aquel paquete y me quedé inconsciente por segunda vez.

—¿En compañía de Mullins?

—Sí.

—¿Sospecha usted que Mullins pudo meterle en el bolsillo cigarrillos con droga dentro?

—Tal vez.

—¿Se lo dijo usted al despertarse?

—No.

—¿Le habló usted?

—No. Conduje el coche hasta mi casa. Vivo en la ciudad con mi mujer y mis hijos. Mullins subió conmigo al apartamento y le di una almohada para que se acostara en el sofá. Yo me dormí.

—¿Cuánto tiempo?

—No lo sé. Quizás una hora. A la seis de la mañana fui con él a la base para empezar mi servicio y preparé un avión para el vuelo.

—¿En qué consiste su trabajo?

—Soy mecánico. Compruebo el aparato antes de volar y permanezco en tierra.

—¿Qué hizo después?

—Salí de la base hacia las once de la mañana.

—¿Solo?

—Con Dan Mullins.

—¿Cuándo se enteró usted de la muerte de Bessy Mitchell?

—A las tres de la tarde.

—¿Dónde estaba usted a esa hora?

—En un bar de la Quinta Avenida, tomando una cerveza con Mullins.

—¿Ya había bebido unas cuantas desde la mañana?

—Diez o doce. Entró un *sheriff* y me preguntó si era yo el sargento Ward. Le contesté que sí y me pidió que lo acompañara.

—¿Aún no sabía usted que Bessy había muerto?

—No, señor.

—¿Ignoraba usted que los tres compañeros a los que dejó en la parada de autobuses habían vuelto, en un taxi, a la carretera de Nogales, inmediatamente después de que se marcharan ustedes?

—Lo ignoraba.

—¿No vio usted el taxi en la carretera? ¿No vio ni oyó un tren procedente de Nogales?

—No, señor.

—Aquella mañana, en la base, ¿no se encontró con ninguno de sus tres amigos?

—Me crucé con el sargento O'Neil.

—¿No le dijo nada?

—No recuerdo exactamente su frase. Algo así como: «En cuanto a Bessy, todo está O. K.».

—¿Qué dedujo usted?

—Que seguramente ella habría regresado a su casa haciendo autostop.

—¿No fue usted al domicilio de Bessy aquel día?

—Sí. Al salir de la base, a las once. Erna me dijo que Bessy no había vuelto.

—¿Eso fue después de decirle el sargento O'Neil que todo estaba O. K.?

—Sí.

—¿No le pareció que aquello lo contradecía?

—Creí que ella habría ido a otra parte.

—Ha dicho usted hace un momento que su intención era divorciarse para casarse con Bessy.

—Sí, señor.

—¿Afirma usted no haberla vuelto a ver desde el momento en que se alejó usted del coche con el sargento Mullins?

—No volví a verla con vida.

—¿La vio muerta?

—En el depósito de cadáveres, cuando el *sheriff* me condujo hasta allí.

—El sargento Mullins no estaba en el automóvil cuando, tras la primera parada, volvió usted al coche, sino que él regresó unos instantes más tarde. ¿No es así?

—Sí, señor.

—¿Alguna pregunta, señor fiscal?

El fiscal, de pelo cano, negó con la cabeza.

—¿Alguna pregunta, señores del jurado?

Los cinco hombres y la mujer gruesa también negaron con la cabeza, y esta última, previendo las palabras que iba a decir el juez, estaba preparando ya sus agujas de hacer punto.

—¡Se suspende la vista!

Ezequiel encendió su pipa y Maigret la suya. Todo el mundo se precipitó hacia la galería y buscaba en sus bolsillos monedas de cinco centavos para la máquina roja de la Coca-Cola.

Algunos, sin embargo, conocedores del lugar, cruzaban una puerta misteriosa, y Maigret notó que regresaban con el aliento perfumado de alcohol.

En el fondo, Maigret no acababa de entender cómo funcionaba aquel entorno. El viejo negro del jurado, que tenía el cabello cortado al rape y usaba gafas con montura de acero, lo miraba sonriente, como si ya fuesen amigos. Maigret también le sonrió.

2

El primero de la clase

En los cafés a los que, por regla general, acuden casi siempre los mismos parroquianos, especialmente en los de provincia, se ve en ocasiones a alguien que ha acabado allí mientras espera la salida de un tren o porque tiene una cita; sentado en su silla, aburrido y soñoliento, sigue con una mirada desinteresada la partida de cartas que se juega en la mesa de al lado.

Resulta evidente que desconoce el juego, pero pronto, llevado por la curiosidad, intenta entenderlo. Poco a poco se inclina para ver las cartas en las manos de los jugadores. Según las jugadas, se va animando y hace gestos de aprobación o de impaciencia, y llega un momento en el que tiene que contenerse para no intervenir.

Maigret se encontraba aquella tarde como el intruso del café provinciano y experimentaba cierta vergüenza. Pero era superior a sus fuerzas. El juego lo había enganchado, y entraba en él.

Durante el interrogatorio al sargento Ward, Maigret ya se había impacientado en su asiento. El más novato de sus inspectores habría sin duda hecho ciertas preguntas que, sin embargo, el pequeño juez, tan meticuloso con su vestimenta y con sus gestos, parecía ignorar.

Evidentemente el interrogatorio del juez no representaba todo el proceso. Lo que debían decidir los miembros del jurado era si, según ellos, Bessy Mitchell había fallecido de muerte natural, o si se trataba de un accidente, o a un acto malintencionado, o si, por último, se debía a una acción criminal.

Lo demás, en el caso de que se tratase de estas dos últimas hipótesis, llegaría después, ante otro jurado.

—Cuéntenos qué pasó el veintisiete de julio, después de las siete y media de la tarde.

¿No resultaba algo ingenuo permitir que los cinco hombres pudiesen escuchar la declaración de sus otros compañeros?

El sargento O'Neil era más bajo y rechoncho que los otros tres. Su cabello claro tenía una tonalidad rojiza y era ondulado. Debido a sus rasgos toscos, se parecía bastante a un campesino del norte de Francia, pero un campesino bien arreglado y lavado a conciencia.

Todos se veían muy pulcros, y, en general, también cuantos había en la sala. Aquella gente tenía un aspecto saludable y limpio que rara vez se ve en una multitud europea.

—Fuimos al Penguin y bebimos.

Aquel era el buen alumno, no necesariamente el más inteligente, pero sí el más estudioso. Antes de contestar, miraba al techo, como en la escuela, reflexionaba durante unos instantes y luego hablaba lentamente con una voz neutra, monótona, dirigiéndose hacia los miembros del jurado como se lo había pedido el juez.

En realidad, eran unos muchachos; muchachos enormes de unos veinte años, musculosos, de complexión fuerte, pero, a fin de cuentas, muchachos a quienes, por un descuido, se había tomado por personas mayores.

—¿Cuántas copas tomó usted?

—Veinte, aproximadamente.

—¿Quién pagó las rondas?

Este sí lo recordaba. Tras una pausa —porque se tomaba su tiempo para contestar— se supo que el sargento Ward había pagado dos rondas, que Dan Mullins había pagado casi todas las restantes y que O'Neil, por su parte, había pagado solo una.

A Maigret le habría gustado tener a este último, frente a frente, en su despacho del Quai des Orfèvres e interrogarlo como es debido, para descubrir quién era realmente.

Una de las preguntas que le habría hecho, ya que, salvo Ward, todos eran solteros, habría sido: «¿Tiene usted una amante?».

Se trataba indudablemente de un hombre de temperamento sanguíneo que debía de tener un fuerte apetito sexual. Aquella noche eran cinco hombres para una sola mujer, y todos, excepto el chino, estaban borrachos. ¿Tal vez en la oscuridad del coche algunas manos no se habrían deslizado hacia la muchacha?

El juez no pensaba en aquellas cosas y, si las pensaba, no aludía a esas cuestiones.

—¿Quién decidió terminar la noche en Nogales?

—No lo recuerdo exactamente. Creo que fue Ward.

—¿No oyó a Bessy proponerlo?

—No, señor.

—¿Cómo se colocaron en los asientos del coche?

Podría pensarse que no había oído la declaración de su compañero por el tiempo que tardó en responder.

—Un rato después, le dijo a Bessy que se sentara detrás.

—¿Por qué?

—Supongo que porque estaba celoso de Mullins.

—¿Tenía algún motivo para estar más celoso de Mullins que de los demás?

—No lo sé.

—¿Qué sucedió cuando el coche dejó atrás el aeródromo?

—Nos detuvimos.

—¿Por qué razón?

Esta vez, se quedó mirando el techo más tiempo, dudó un momento, y después dijo, tras haber echado una ojeada a Ward, quien tenía los ojos fijos en él:

—Porque Bessy se negó a ir más lejos.

Parecía querer decir: «Lo siento, pero es la verdad. He jurado decir toda la verdad».

—¿No quiso seguir Bessy hasta Nogales?

—No, señor.

—¿Por qué razón?

—No lo sé.

—¿Qué pasó cuando se detuvieron?

Se oyó nuevamente la frase que debía de ser corriente en el ejército: «Servicio de letrinas».

—¿Bessy también se alejó del coche?

Esta vez, se quedó pensando más tiempo que las veces anteriores y fijó la vista en el techo.

—Lo que yo recuerdo es que cuando ella regresó estaba con Ward.

—¿Bessy regresó?

—Sí, señor.

—¿Y subió al coche?

—Sí. El coche dio media vuelta y tomó la dirección de Tucson.

—¿En qué momento bajó Bessy del coche?

—Cuando este paró por segunda vez, inmediatamente después de dar la vuelta. Bessy le dijo a Ward que quería hablar con él.

—¿Ella estaba sentada detrás, a su lado?

—Sí. El sargento Ward frenó. Bajaron los dos.

—¿Hacia dónde se dirigieron?

—Hacia la vía del ferrocarril.

—¿Estuvieron ausentes mucho tiempo?

—El sargento Ward regresó veinte o veinticinco minutos después.

—¿Miró usted la hora?

—No tengo reloj.

—¿Regresó solo?

—Sí. Nos dijo: «¡Que se vaya al diablo esa chica! ¡Así aprenderá!».

—¿A qué se refería?

—Lo ignoro, señor.

—¿Y a usted le pareció normal regresar a la ciudad tras abandonar a una mujer en el desierto?

No contestó.

—¿De qué hablaron durante el trayecto?

—No hablamos.

—¿Llevaban ustedes algo de beber? ¿Había alguna botella de alcohol en el coche?

—No lo recuerdo.

—Cuando Ward los dejó en la parada de autobuses, ¿les dijo que pensaba volver para buscar a Bessy?

—No, no nos dijo nada.

—¿No les sorprendió que no los llevara hasta la base?

—No pensé en ello.

—¿Qué hicieron el cabo Van Fleet, Wo Lee y usted en aquel momento?

—Tomamos un taxi.

—¿De qué hablaron ustedes?

—De nada.

—¿Quién decidió tomar el taxi?

—No lo sé, señor.

—¿Cuánto tiempo transcurrió desde que Ward y Mullins se separaron de ustedes hasta que tomaron el taxi?

—Apenas tres minutos, más bien dos.

Eran todos muchachos en verdad testarudos que, evidentemente, ocultaban algo, y a los que no podrían sacarles nada. Pero, por otra parte, ¿por qué comportarse así? Maigret se agitaba en su banco. Poco le faltó para levantar la mano como en el colegio para hacer él también una pregunta.

De pronto enrojeció al ver a su colega Harry Cole en el marco de la puerta. ¿Cuánto tiempo llevaba allí observándolo con aquella sonrisa de satisfacción? De lejos, Cole le hizo una seña que significaba: «Supongo que prefiere usted quedarse».

Y al cabo de un rato se alejó de puntillas, dejando a Maigret con su nueva pasión.

—¿Dónde los dejó el taxi?

—Donde nos habíamos detenido por segunda vez.

—¿En el sitio exacto?

—Debido a la oscuridad, no podría asegurarlo, pero intentamos recordar el sitio exacto.

—¿De qué hablaron ustedes durante el trayecto?

—No hablamos.

—¿Despidieron entonces al taxi? ¿Cómo pensaban volver a la ciudad y llegar a la base?

—Haciendo autostop.

—¿Qué hora era?

—Alrededor de las tres y media.

—¿No se encontraron ustedes con el coche de Ward? ¿No vieron a este ni a Mullins?

—No, señor.

Ward tenía los ojos fijos en él. O'Neil evitaba mirarlo, y, cuando esto sucedía, parecía excusarse, como quien está obligado a cumplir con su deber.

—¿Qué hicieron ustedes tres una vez en la carretera?

—Nos dirigimos hacia Nogales. Después volvimos hacia Tucson siguiendo la vía del ferrocarril.

—¿No se les ocurrió buscar al otro lado de la carretera?

—No, señor.

—¿Por qué?

—No lo sé.

—¿Caminaron durante mucho tiempo?

—Quizás una hora.

—¿No vieron a nadie?

—No, señor.

—¿Seguían sin hablar entre ustedes?

—Sí, señor.

—¿Qué pasó después?

—Paramos un coche que pasaba y que nos llevó a la base.

—¿Recuerda la marca del coche?

—No, señor. Pero diría que era un Chevrolet mil novecientos cuarenta y seis.

—¿Hablaron con el conductor?

—No, señor.

—¿Qué hicieron una vez en la base?

—Nos fuimos a dormir. A las seis de la mañana, nos encargamos de los aviones.

Maigret hervía por dentro. Tenía ganas de sacudir al pequeño juez y decirle: «¿Es esta la primera vez que interroga usted a un testigo, o es que evita a propósito las preguntas más importantes?».

—¿Cuándo supo usted que Bessy Mitchell había muerto?

—Me lo dijo su hermano, hacia las cinco de la tarde.

—¿Qué le dijo exactamente?

—Que habían encontrado a Bessy muerta en la vía y que se llevaría a cabo una investigación.

—¿Quién estaba con usted en ese momento, además del hermano de Bessy?

—Wo Lee estaba conmigo en la habitación. Dijo: «Yo sé lo que pasó». Mitchell le preguntó qué sabía, y Wo Lee le contestó: «Solo hablaré con el *sheriff*».

Eran poco más de las cinco, y, de forma tan abrupta como las anteriores, el juez levantó la sesión diciendo con aire distraído, mientras recogía los papeles esparcidos por la mesa:

—Mañana a las nueve y media. La vista no se celebrará aquí, sino en la sala segunda, en el primer piso.

Todos se marchaban. Los cinco soldados, siempre sin dirigirse la palabra, se reunieron en la galería, y un oficial los condujo a través del patio.

Harry Cole estaba allí, con pantalones de tela de gabardina y camisa blanca y con el aspecto de un joven deportista de buen humor.

—¿Le ha interesado la vista, Julius? ¿Qué le parece si nos tomamos una cerveza?

Sin transición alguna, volvían a sumergirse en aquel calor sofocante y en una densa luminosidad, donde incluso los sonidos quedaban amortiguados. Contra el cielo, se proyectaban los cuatro o cinco rascacielos de la ciudad. La gente se iba en sus coches, incluso el indio —Maigret descubrió que tenía una pata de palo—, que abrió la portezuela de un viejo automóvil con el capó sujeto con cuerdas.

—Apostaría a que quiere usted preguntarme algo, Julius.

Entraron en el frescor de un bar refrigerado, en el que se veían otros pantalones de tela de gabardina, otras camisas blancas y botellas de cerveza a lo largo del mostrador. También había auténticos vaqueros con el pantalón de tela gruesa azul, ceñido a los muslos, sus botas de tacón alto y sus sombreros de ala ancha.

—Es cierto. Quisiera que dejásemos para otro día nuestro viaje a Nogales. Me gustaría asistir a la vista de mañana.

—Como prefiera. ¿Ninguna pregunta?

—Muchas. Se las iré haciendo a medida que se me ocurran. ¿Hay prostitutas por aquí?

—En el sentido que ustedes dan a esa palabra, no. En ciertos estados de América sí; pero en Arizona están prohibidas.

—¿Bessy Mitchell?

—Ejercía como tal.

—¿También Erna Bolton?

—Más o menos.

—¿Cuántos soldados hay en la base?

—Cinco o seis mil: nunca me he preocupado por saberlo.

—¿Son solteros en su mayoría?

—Las tres cuartas partes.

—¿Cómo se las arreglan?

—Como pueden. No les resulta fácil.

Su sonrisa, que rara vez lo abandonaba, no era irónica. Era un tipo considerado y tal vez sentía cierta admiración por Maigret, cuya fama conocía. Sin embargo, le divertía ver a un francés preocupado por un asunto que nada tenía que ver con él.

—Yo soy del Este —declaró Cole con cierto orgullo—, de Nueva Inglaterra. Aquí, como habrá usted visto, se conserva bastante el modo de vida de la frontera. Podría presentarle a algunos viejos pioneros que dispararon contra los apaches a comienzos de siglo e incluso algunos de ellos formaban parte del tribunal que juzgaba a los cuatreros o ladrones de ganado.

No había transcurrido media hora, y ya se había bebido cada uno tres botellas de cerveza, cuando Harry Cole exclamó:

—¡Ha llegado el momento del whisky!

Después se fueron en automóvil en dirección a Nogales, y Maigret, al atravesar Tucson, se sintió tan desconcertado ante la ciudad como lo había estado ante el tribunal. No era una ciudad pequeña, puesto que contaba con más de cien mil habitantes.

Sin embargo, salvo el centro, el barrio financiero, donde se elevaban los cinco o seis grandes edificios de unos veinte pisos, que se alzaban contra el cielo como torres, aquello parecía distribuido por parcelas, o, mejor dicho, era una especie de distribuciones de distintas parcelas yuxtapuestas, unas más ricas y otras más pobres, donde habían construido casas de una sola planta, igualmente nuevas y bonitas.

Más adelante, las calles ya no estaban pavimentadas y se veían grandes zonas despobladas, en las que no había más que arena y algunos cactus. Una vez pasado el aeródromo, y, sin transición, se entraba en el desierto, con el color violeta de las montañas en la lejanía.

—Este es aproximadamente el lugar de los hechos. ¿Quiere usted bajar? Tenga cuidado con las serpientes de cascabel.

—¿Las hay?

—Se han encontrado incluso en la ciudad.

La línea del ferrocarril era de vía única y pasaba a unos cincuenta metros de la carretera.

—Creo que hay cuatro o cinco trenes cada veinticuatro horas. ¿De verdad no le apetece ir a tomar un trago a México? Nogales está a dos pasos.

¡Cien kilómetros! Es verdad que se recorrían en menos de una hora.

Era una pequeña ciudad, cuyas dos calles principales

estaban separadas por una reja. Había hombres de uniforme. Harry Cole habló con ellos, e instantes después se metió con Julius en una zona, donde se encontraron con una inesperada multitud de gente, en calles estrechas y mal cuidadas, donde una luz de color tonos broncíneos parecía estar fuera de lugar.

—Vamos a empezar por las cuevas, aunque sea un poco pronto.

Muchachos medio desnudos los acosaban para lustrar sus zapatos, y en los quicios de las puertas, donde vendían productos típicos de la zona, los paraban personas mayores.

—Como puede ver, esto es como una feria. Cuando la gente de Tucson, de Phoenix o incluso de más lejos, quiere divertirse, viene aquí.

En efecto, en un bar de enormes dimensiones solo había clientes americanos.

—¿Cree usted que asesinaron a Bessy Mitchell?

—Lo único que sé es que está muerta.

—¿Un accidente?

—Le confieso que eso no me incumbe. No se trata de un crimen federal, y yo solo me ocupo de crímenes federales. El resto es cosa de la policía del condado.

Dicho de otra manera: era asunto del *sheriff* y de sus *deputy-sheriffs*. Eso era lo que asombraba al comisario, más que aquella feria barroca y maloliente donde se encontraba.

El *sheriff*, jefe de la policía del condado, no era un funcionario que había obtenido su cargo a través de un ascenso o tras aprobar un examen, sino un ciudadano elegido, del mismo modo que los consejeros municipales de París.

No importaba a qué se hubiera dedicado anteriormente.

Le bastaba con presentarse a las elecciones y llevar a cabo una campaña electoral.

Una vez elegido, escogía a su antojo a los *deputy-sheriffs*, o, dicho de otra manera, a sus inspectores, aquellos hombres a quienes Maigret había visto con grandes revólveres y el cinturón lleno de cartuchos.

—Eso no es todo. Además de los *deputy-sheriffs* que están en plantilla, hay muchos más —añadió Harry Cole con ironía.

—¿Como yo? —bromeó Maigret, pensando en la placa de plata que le habían entregado.

—Me refiero a los amigos del *sheriff* y a los electores influyentes a los que se envía la misma placa. Todos los rancheros, o casi todos, son *deputy-sheriffs*. No vaya usted a creer que se toman a broma su cargo. Hace pocas semanas, un preso peligroso se escapó de la cárcel en un coche robado. Poco después, vieron el vehículo entre Tucson y Nogales. El *sheriff* de Tucson avisó a un ranchero que vive aproximadamente a mitad de camino. Este telefoneó a dos o tres vecinos, ganaderos como él. Todos eran *deputy-sheriffs*. Establecieron una barrera en la carretera con sus coches, y cuando el vehículo robado trató de atravesarla dispararon a los neumáticos y luego al tipo, al que finalmente cazaron a lazo. ¿Qué le parece?

Maigret aún no había bebido tanto como los muchachos que habían declarado en tribunal, pero ya empezaba a notar los efectos del alcohol y contestó divertido:

—En Francia habría sido más bien a la policía a quien la gente del lugar habría intentado detener.

No sabía exactamente en qué momento habían regresado a Tucson…

Acompañado siempre por Cole, Maigret entró en el Penguin Bar a eso de la medianoche; no recordaba con exactitud qué hora era. Había un largo mostrador de madera oscura y encerada, y botellas multicolores en las estanterías. Como en todos los bares, reinaba una luz tenue, en la que se destacaban las camisas blancas.

El fondo del local estaba presidido por un fonógrafo automático, imponente, panzudo y cromado; junto a él, había una máquina en la que un hombre de edad madura había estado durante una hora introduciendo monedas en un intento de colocar unas bolas de níquel en unos agujeros, con la esperanza de conseguir una partida gratuita.

Sobre esa máquina, en un calendario, luminosas e ingenuamente dibujadas, se veían mujeres en traje de baño, una de ellas completamente desnuda, del tipo de las de la *Vie Parisienne*.

Pero mujeres de verdad, de carne y hueso, no se veían por ninguna parte. Solo dos o tres en las mesas, separadas unas de otras por biombos de un metro y medio de alto. Estas estaban acompañadas. Las parejas permanecían inmóviles, cogidas de la mano, entre los vasos de cerveza y whisky, mientras escuchaban con una leve sonrisa la música que salía sin fin del fonógrafo.

—¡En resumen, cómo se divierten! —exclamó Maigret con una sonrisa intencionada.

Cole lo irritaba, aunque Maigret no habría podido decir por qué. Quizás fuera la seguridad con la que hablaba lo que crispaba los nervios del comisario.

Era un simple oficial del FBI que conducía un automóvil enorme con una mano, soltando el volante para encenderse un cigarrillo, mientras iba a más de cien kilómetros por hora. Conocía a todo el mundo y todos lo conocían a él. Lo mismo en México que en aquel lugar, todos le decían con una cordialidad afectuosa:

—*Hello!* ¡Harry!

Cole iba presentando a Maigret y todos estrechaban la mano del comisario como si se tratase de un compañero de toda la vida, sin mostrar interés por lo que estaba haciendo allí.

—*Have a drink!*

¡Beba algo! Poco importaba si la bebida era buena o no; lo importante era beber.

En aquel lugar, a lo largo del bar, había hombres sentados en los altos taburetes, que no se movían sino de vez en cuando para levantar un dedo, gesto que el camarero comprendía perfectamente. Algunos suboficiales de aviación bebían como los demás. Quizá también hubiera simples soldados, pero Maigret todavía no los había visto.

—Si lo he comprendido bien, ¿regresan a su base cuando ellos quieren?

La pregunta sorprendió a Cole.

—¡Naturalmente!

—¿A las cuatro de la mañana si así lo desean?

—Mientras no estén de servicio pueden, incluso, no regresar a la base.

—¿Y si están borrachos?

—Eso ya es problema suyo. Lo importante es que hagan lo que tienen que hacer.

¿Por qué aquello irritaba a Maigret? ¿Era porque recordaba su servicio militar, el toque de llamada a las diez de la noche y las semanas de espera para un miserable permiso hasta medianoche?

—No olvide que son voluntarios.

—Ya lo sé. ¿Dónde los reclutan?

—Donde se pueda. En la calle, por ejemplo. ¿Nunca ha visto usted esos camiones que se detienen en un cruce y tocan música? En el interior, hay expuestas fotografías de países exóticos y un sargento les explica las ventajas de la carrera militar.

Cole seguía teniendo el aspecto de jugar con la vida, como si realmente fuese muy divertida.

—Se encuentra un poco de todo, como en todos los ejércitos. Supongo que en su país no serán solo los buenos chicos los que se enrolen. *Hello!* ¡Bill! Mi amigo Julius. *Have a drink!*

Por décima o vigésima vez en esa noche, Maigret escuchaba a un desconocido contarle sus experiencias parisienses. Porque todos aquellos muchachotes habían estado en París, y todos adoptaban el mismo aire pícaro cuando hablaban de ello.

—*Have a drink!*

En el supuesto de que el juez tuviera que interrogar a Maigret al día siguiente por la mañana, este también podría contestar:

—No sé cuántas copas me tomé exactamente. Quizá veinte.

Cuanto más bebía, más taciturno se volvía, hasta el punto de adquirir el aspecto obstinado del sargento O'Neil.

Había decidido comprender y comprendía. Ya había averiguado por qué Cole le impacientaba de aquel modo. El hombre del FBI estaba convencido de que Maigret era alguien en su país, pero que allí, en Estados Unidos, era incapaz de nada.

Cole, por su parte, cuanto más lo veía reflexionar, más se divertía. Maigret sostenía que los hombres y sus pasiones son las mismas en todas partes.

Era necesario, pues, dejar a un lado esas diferencias, no asombrarse, por ejemplo, de la altura de los edificios, del desierto, de los cactus, de las botas y de los sombreros de los vaqueros, de las máquinas en las que uno debe colocar bolas en agujeros y de los fonógrafos automáticos.

«Iban cinco soldados con una muchacha. De acuerdo. Y todos habían bebido». Habían bebido como lo estaba haciendo Maigret, por inercia, como bebían todos los hombres que estaban allí esa noche.

—*Hello!* ¡Harry!

—*Hello!* ¡Jim!

Uno podría creer que nadie tenía apellidos y que todos eran los mejores amigos del mundo. Cada vez que Cole le presentaba a alguien, añadía en un tono convencido: «Un buen muchacho». O bien: «Un tipo asombroso».

Ni una sola vez le había dicho: «Un sinvergüenza».

¿Dónde estaban los sinvergüenzas? ¿Significaba aquello que no los había? ¿O que la gente era más tolerante?

—¿Cree usted que los cinco soldados podrán salir esta noche?

—¿Por qué no?

¡La que les habría caído en París! Y sobre todo, ¡el castigo que habrían recibido al volver al cuartel!

—No tienen nada contra ellos, ¿verdad?

—Todavía no —masculló Maigret.

—Mientras que un hombre no sea declarado culpable…

—¡Ya lo sé…! ¡Ya lo sé…!

Irritado, Maigret apuró su vaso. Después observó a una de las parejas. Hacía sus buenos cinco minutos que sus bocas estaban pegadas y las manos del hombre no se veían.

—Dígame, ¿esa pareja probablemente no esté casada?

—No.

—¿No pueden ir a un hotel?

—Pero deben inscribirse como marido y mujer, lo que es un delito que puede costarles caro, sobre todo si vienen de otro estado.

—Entonces ¿dónde hacen el amor?

—En primer lugar, no es evidente que más tarde querrán hacerlo.

Maigret se encogió de hombros con rabia.

—Además, están los coches.

—¿Y si no tienen coche?

—Es poco probable. La mayoría de la gente tiene coche. Y, si no lo tienen, entonces que se las apañen; es asunto suyo, ¿no cree?

—¿Y si los pillan haciendo el amor en la calle?

—Les costaría caro.

—¿Y si la joven tiene diecisiete años y medio en vez de dieciocho?

—Eso puede representar diez años de cárcel para su pareja.

—¿No tenía diecisiete años Bessy Mitchell?

—Pero estaba casada y divorciada.

—Maggie Wallach, que parece ser la amante del músico...

—¿Por qué?

—Es evidente.

—¿Los ha visto usted haciendo algo?

Maigret apretó los dientes.

—Tenga en cuenta que también ella está casada y divorciada.

—¿Y Erna Bolton, que está con el hermano?

—Tiene veinte años.

—¿Ha visto usted el expediente?

—¿Yo? Eso no me incumbe. Ya le he dicho que no se trata de un delito federal. Si hubiesen utilizado el correo, por ejemplo, para cometer un delito, sería de mi incumbencia. O si se hubiesen fumado un solo cigarrillo de marihuana. *Have a drink*, Julius!

Había allí veinte hombres bebiendo en el mostrador, mientras contemplaban, frente a ellos, las hileras de botellas y un calendario con una mujer desnuda. Había mujeres desnudas o medio desnudas por todas partes: en carteles publicitarios, en los calendarios, fotos de hermosas muchachas en traje de baño en todas las páginas de los periódicos y en las pantallas de todos los cines.

—Pero ¡caramba! ¿Qué hacen entonces estos muchachos cuando desean a una mujer?

Harry Cole, más acostumbrado al whisky que el comisario, lo miró a los ojos y se echó a reír.

—¡Se casan!

En realidad, el juez había evitado deliberadamente formular las preguntas más elementales. ¿Esperaba, sin embargo, llegar a descubrir la verdad? ¿O acaso poco le importaba averiguarla?

Quizás, después de todo, la vista no era sino una especie de formalidad, y nadie deseaba saber qué había pasado realmente aquella noche.

Uno de los hombres a quienes se había interrogado hasta entonces había mentido. Era evidente. O se trataba del sargento Ward, o del sargento O'Neil.

Sin embargo, nadie parecía sorprenderse de ello. Se les preguntaba al uno y al otro con la misma amabilidad o, más bien, con la misma falta de interés.

—¿Cree usted que citarán a declarar al camarero?

—¿Para qué?

Era el que en ese momento les estaba sirviendo y que tenía cara de boxeador.

—Pronto nos echarán de aquí —anunció Cole, mirando el reloj—. ¿No quiere llevarse nada?

Y, al ver a Maigret sorprendido, le señaló a dos de los clientes.

—¡Mire!

Aquellos, en otro mostrador cerca de la puerta, en el que se vendían alcohol embotellado, estaban comprando unas botellas de forma aplanada que luego deslizaron en sus bolsillos.

—Quizá tengan que hacer un largo recorrido o les cueste dormir.

El hombre del FBI le tomaba el pelo. Maigret no le dirigió la palabra hasta el coche lo dejó ante el Pioneer Hotel.

—¿Pasará usted mañana el día en el tribunal?

Maigret masculló una respuesta imprecisa.

—Iré a recogerle a la hora de comer. Ha tenido suerte. La audiencia se llevará a cabo en la segunda Cámara, en el primer piso, y tiene refrigeración. Buenas noches, Julius.

—Y sin malicia, añadió, como si no se tratase de una muerta—: ¡No sueñe usted con Bessy!

3

El pequeño chino que no bebió

Hubo por lo menos tres personas que dieron los buenos días a Maigret, y eso le agradó. El primer piso del County House estaba rodeado de una galería, al igual que la planta baja. El sol calentaba ya y los hombres agrupados que esperaban la llamada de Ezequiel fumaban cigarrillos a la sombra.

Ezequiel, en particular, con su gran pipa en la boca, le dirigió un saludo cordial y también el jurado de la pata de palo.

Viniendo del hotel, se había preguntado si la actitud del público habría cambiado con respecto al sargento Ward.

El día anterior, cuando O'Neil habló de la segunda parada del coche y declaró que Ward y Bessy se habían dirigido juntos hacia la vía del ferrocarril, no se produjo un rumor en la sala, sino más bien una ligera sorpresa colectiva. Todo el mundo debió de sentir la misma punzada en el pecho.

¿Mirarían ahora a Ward como se mira de forma involuntaria a un asesino?

Los cinco soldados estaban allí, no lejos del oficial que los había acompañado hasta el lugar. Fumaban cigarrillos como los demás, mientras esperaban a que los llamasen para declarar. Al igual que los colegiales enfadados entre sí, mantenían entre ellos cierta distancia.

A Maigret le pareció que Ward, con sus ojos azules bajo las espesas cejas negras, permanecía más apartado de los otros y que estos le dirigían, de lejos, miradas furtivas.

¿Habría ido a dormir a su casa? ¿Cuál sería ahora la actitud de su mujer respecto a él? ¿Y la suya con su mujer? ¿Le habría pedido perdón? ¿Se habrían separado?

El chino, con sus grandes ojos almendrados, era delgado y hermoso como una niña.

Era de baja estatura y parecía mucho más joven que los otros. También en los colegios siempre hay algún muchacho del que se burlan los demás llamándolo «niña».

Se veía a nuevos curiosos. El periódico había publicado un resumen de la primera vista en grandes titulares grandes.

El sargento ward sostiene que lo drogaron.
O'Neil contradice su declaración en varios puntos.

Este seguía teniendo su aspecto de buen alumno concienzudo, demasiado concienzudo. ¿Se habrían dirigido la palabra Ward y él desde el día anterior?

Maigret se había despertado de mal humor, con un fuerte dolor de cabeza y, para ser exactos, con «resaca», pero ya se le había pasado. Sin embargo, le molestó tener que recurrir al sistema de aquella gente. Desde sus primeros días en Nueva York, le había llamado la atención que personas a las que había dejado la noche anterior en un avanzado estado de borrachera se hallasen, por la mañana temprano, tan frescas y listas para trabajar. Le enseñaron el truco. Después había visto en todos los cafés, en los *drugstores* y en los bares esa botella de un azul especial, sujeta en la pared con el cuello hacia abajo y con un dispositivo niquelado para medir la dosis.

Se echaba esa misma dosis en un vaso con agua y esta empezaba a burbujear. Y se servía con la misma naturalidad que un café con leche o una Coca-Cola, y, pocos instantes después de haberlo tomado, la resaca había desaparecido.

¿Por qué no? Junto a las máquinas para emborracharse, otra máquina para desemborracharse. Después de todo, estos americanos no carecían de lógica.

—¡Señores del jurado!

Era como si entrasen en un aula del colegio; el local era más amplio que el del día anterior. Esta vez aquello parecía un verdadero tribunal, con una balaustrada en forma de comulgatorio entre la corte y el público, un sillón para el juez y un pupitre provisto de micrófono para los testigos. Los miembros del jurado, que se instalaron en un auténtico banco de jurado, parecían más solemnes.

De ese modo, Maigret podía observar mejor a la gente que el día anterior apenas había entrevisto; entre otros, a un gran muchacho rubio que estaba siempre junto al del fiscal, tomando notas y hablándole a este en voz baja. Maigret pensaba que se trataba de un secretario o de un periodista.

—¿Quién es ese? —preguntó a su vecino.

—Mike.

Eso ya lo sabía, porque había oído que lo llamaban así.

—¿Y qué hace exactamente?

—¿Mike O'Rourke? Es el *chief deputy-sheriff*, el que se encarga del interrogatorio.

El Maigret del condado, en resumen. Los dos eran igualmente corpulentos, con ese mismo michelín que sobresalía por encima del cinturón del pantalón, la misma nuca ancha, y tendrían, aproximadamente, la misma edad.

En el fondo, ¿los de allí eran tan distintos de los de París? O'Rourke no llevaba su placa de *sheriff* ni revólver en el cinturón. Parecía un hombre tranquilo, con esa tez clara característica de los pelirrojos y los ojos de color violeta.

¿Era a él a quien se le ocurrían las preguntas y luego se las soplaba al fiscal, hacia quien se inclinaba con frecuencia? Lo cierto es que el fiscal se levantó y pidió formular una pregunta al último testigo del día anterior, por lo que O'Neil fue a sentarse en el estrado, ante el micrófono, que regularon a su altura.

—¿Se fijó usted en el estado del coche que los trajo hasta Tucson? ¿Estaba averiado?

El buen alumno frunció las cejas e interrogó con los ojos al techo.

—No lo sé.

—¿Era de dos o de cuatro puertas? ¿Entró usted por la derecha o por la izquierda?

—Creo que era un cuatro puertas. Entré por el lado opuesto al conductor.

—Entonces por la derecha. ¿No observó usted daños en la carrocería, como si el coche hubiera sufrido un accidente?

—No me acuerdo.

—¿Estaba usted muy borracho en aquel momento?

—Sí, señor.

—¿Más que cuando Bessy los abandonó?

—No lo sé. Puede que sí.

—Sin embargo, ustedes no bebieron nada después de salir de la casa del músico.

—No, señor.

—Eso es todo.

O'Neil se levantó.

—Perdone. Una pregunta más. ¿Qué sitio ocupó en este último coche?

—Iba delante. Al lado del conductor.

El fiscal hizo un ademán para indicar que había terminado con el testigo. Entonces le tocó el turno al sargento Van Fleet, un rubio de tez color ladrillo y cabello ondulado, y a quien Maigret le puso el apodo de «Flamenco». Sus camaradas lo llamaban Pinky.

Fue el primero en mostrarse nervioso al tomar asiento en la silla de los testigos. Se esforzaba visiblemente por estar tranquilo, pero no sabía dónde mirar y se mordió las uñas varias veces.

—¿Está usted casado o soltero?

—Soltero, señor.

Tuvo que toser para aclararse la voz. El juez reguló el micrófono en un tono más fuerte; tenía un sillón asombroso. Podía fijarlo en diversas posiciones y se pasaba todo el tiempo echando el respaldo hacia atrás, luego hacia delante, para acabar colocándolo en la posición inicial.

—Díganos lo que pasó el día veintisiete de julio a partir de las siete y media de la tarde.

Detrás de Maigret, una joven negra que llevaba un bebé, y en la cual él ya se había fijado la jornada anterior, estaba ese día acompañada por su hermano y su hermana. Había en la sala dos mujeres embarazadas. Gracias a la refrigeración, el ambiente era bastante fresco, mucho más que en la sala del primer piso, pero Ezequiel no dejaba de hurgar, de vez en cuando, en el aparato, dándose así importancia.

El Flamenco hablaba despacio, con largas pausas, durante las cuales buscaba las palabras adecuadas. Los otros cuatro soldados, situados en el mismo banco, daban la espalda al público allí presente, y en ocasiones Pinky los miraba como pidiéndoles que le «soplaran» las respuestas.

El Penguin Bar, el apartamento del músico, la salida hacia Nogales…

—¿Qué asiento ocupaba usted en el coche de Ward?

—Primero me senté detrás con el sargento O'Neil y el cabo Wo Lee, pero luego me coloqué delante cuando Ward le dijo a Bessy que cambiase de sitio. Entonces me senté a la derecha de Mullins.

—¿Qué ocurrió después?

—Pasado el aeródromo, el coche se detuvo al lado derecho de la carretera y bajamos todos.

—¿Ya habían decidido no seguir hasta Nogales?

—No.

—¿Cuándo lo decidieron?

—Cuando todos regresamos al coche.

—¿Incluida Bessy?

Dudó, y a Maigret le pareció que buscaba con la mirada a O'Neil.

—Sí. Ward dijo que regresábamos a la ciudad.

—¿No fue Bessy quien lo dijo?

—Yo oí a Ward decirlo.

—¿Detuvieron el coche por segunda vez?

—Sí. Bessy le dijo a Ward que quería hablar con él.

—¿Estaba muy borracha? ¿Aún era consciente de lo que hacía?

—Creo que sí. Los dos se alejaron.

—¿Cuánto tiempo estuvieron ausentes?

—Ward regresó a los cinco o seis minutos.

—¿Ha dicho usted cinco o seis minutos? ¿Miró el reloj?

—No. Pero no creo que estuviera ausente más tiempo.

—¿Qué dijo entonces Ward?

—No dijo nada.

—¿Nadie le preguntó qué había sido de Bessy?

—No, señor.

—¿No le sorprendió que continuase el viaje sin ella?

—Un poco, tal vez.

—¿Ward no volvió a hablar durante todo el trayecto?

—No, señor.

—¿Quién decidió tomar un taxi para regresar al lugar?

Pinky señaló a O'Neil con un gesto.

—¿Discutieron acerca de si llevarían con ustedes o no a Wo Lee?

Maigret, que parecía adormilado, se estremeció. Esa pregunta, en principio, sin importancia, parecía indicar que el juez sabía más de lo que pretendía aparentar. A su vez, O'Rourke se inclinó sobre el oído del fiscal, quien anotó algo.

—No, señor.

—¿De qué hablaron ustedes durante el trayecto?

—No hablamos.

—Cuando se detuvo el taxi, ¿discutieron O'Neil y usted?

—No lo recuerdo. No, señor.

O'Rourke debía de conocer su oficio. Había encontrado al chófer del taxi, lo que no habría sido muy difícil, y seguramente lo haría declarar.

De los tres soldados que habían declarado hasta entonces, Pinky era el que se mostraba más nervioso.

—¿Duerme usted en la misma habitación que O'Neil? ¿Desde hace cuánto tiempo?

—Desde hace unos seis meses.

—¿Son buenos amigos?

—Siempre salimos juntos.

Cuando se le preguntó al fiscal si tenía alguna pregunta para el testigo, solo formuló una:

—¿El coche que los condujo a la base se hallaba en buen estado?

Pinky tampoco lo sabía, ni se había fijado en el modelo. Solo recordaba que la carrocería era blanca o de color claro.

—¡Se suspende la vista!

Era extraño: sin ningún motivo aparente, el sargento Ward ya no parecía tanto un asesino. Ahora era a O'Neil al que la gente observaba al pasar. Tal vez fuera inocente. Tal vez todos lo fueran. ¿Acaso los soldados sentían que las sospechas del público iban de uno a otro. ¿Desconfiaban los unos de los otros?

¿En qué estarían pensando mientras se fumaban un cigarrillo y bebían Coca-Cola en la terraza?

Maigret podría haberse presentado a Mike O'Rourke, quien seguramente le habría dado una palmadita en la espalda; pero le divertía más contemplar las idas y venidas de su colega, que aprovechaba las pausas del tribunal para ir a un despacho acristalado, donde hacía varias llamadas telefónicas.

En el momento de reanudarse la sesión, se dieron cuenta de que el fiscal aún no había vuelto, por lo que tuvieron que buscarlo por todo el edificio. ¿Quizá también él estaba telefoneando?

—Cabo Wo Lee.

Este se dirigió a la silla de los testigos y fue necesario bajar el micrófono hasta la altura de su boca. Hablaba en un tono tan bajo que, a pesar del altavoz, apenas se le oía.

Los tres soldados que habían declarado anteriormente se habían tomado cierto tiempo entre cada frase, pero Wo Lee se detenía tanto rato que parecía que le ocurría algo o que de repente se había puesto a pensar en otra cosa.

¿Acaso, al igual que una pandilla de colegiales que han hecho algo malo, se acusaban entre ellos de soplones?

Maigret tenía que prestar mucha atención y hacer un gran esfuerzo, pues era difícil seguir al chino.

—Cuéntenos lo que pasó el…

Fue tan lento en su declaración que, antes de que pudiese contar la salida hacia Nogales, el juez suspendió de nuevo la sesión. Durante la pausa, llevaron ante el juez a tres detenidos vestidos con uniforme azul, individuos a quienes la policía había arrestado el día anterior y que nada tenían que ver con el asunto.

A un mexicano, con rasgos indios, se le acusó de embriaguez y de armar un escándalo en la vía pública.

—¿Se declara usted culpable?

—Sí.

—Cinco dólares de multa o cinco días de prisión. ¡El siguiente!

Por girar un cheque sin fondos.

—¿Se declara usted culpable? Prisión hasta el siete de agosto. Puede quedar libre si paga una fianza de quinientos dólares.

Maigret bajó a tomarse una Coca-Cola, y, al pasar, dos de los miembros del jurado le dirigieron una amable sonrisa. Tuvo que atravesar una zona donde el sol de pleno daba y sintió que le quemaba la piel.

Cuando regresó, el chino ya se hallaba en su sitio. Estaba contestando a una pregunta que acababan de hacerle. Ahora había gente de pie ante la puerta abierta, pero nadie había ocupado el sitio de Maigret, lo cual le agradó.

—Cuando abandonamos el bar, compramos dos botellas de whisky —dijo lentamente Wo Lee.

—¿Qué ocurrió en la casa del músico?

—Bessy y el sargento Mullins se fueron a la cocina. Un poco más tarde, el sargento Ward también entró en la cocina y tuvieron una discusión.

—¿Entre los dos hombres o entre Ward y Bessy?

—No lo sé. Ward regresó con una botella en la mano.

—¿Se habían bebido ustedes las dos botellas?

—No. Una la habíamos dejado en el coche.

—¿En el asiento de delante o en el de detrás?

—En el de detrás.

—¿A qué lado?

—Al izquierdo.

—¿Quién se sentó en ese lado?

—El sargento O'Neil.

—¿Lo vio beber durante el trayecto?

—Estaba demasiado oscuro para poder verlo.

—Durante la velada, ¿le dio la impresión de que Harold Mitchell estaba furioso con su hermana?

—No, señor.

El hermano de Bessy iba de uniforme ese día. La jornada anterior vestía de paisano, con una camisa de un color violeta feísimo. Tenía el aspecto del típico chico malo que aparece en las películas.

En ese momento, con su ropa de dril limpia y bien planchada, su aspecto había mejorado. En un momento dado, mientras el chino seguía hablando, el músico se acercó a Mitchell y lo condujo hasta la terraza, donde le dijo algo en voz baja. Cuando volvió a entrar en la sala, se dirigió directamente hacia Mike O'Rourke, quien a su vez habló con el fiscal, el cual se levantó y dijo:

—El sargento Mitchell solicita que se llame a un testigo con la máxima urgencia.

El sargento Mitchell se había sentado, como el día anterior, al lado de Maigret. Se levantó cuando el fiscal se dirigió a él, y dijo con voz temblorosa:

—Corre el rumor de que ciertos empleados del ferrocarril vieron un trozo de cuerda en la muñeca de mi hermana. Quisiera que testificasen.

Le indicaron que volviera a sentarse; el juez habló con el ujier y después siguió con el interrogatorio.

—¿Qué pasó cuando el coche se detuvo aproximadamente a un kilómetro y medio del aeródromo?

Se oyeron una vez más con un acento distinto las palabras «servicio de letrinas», que, como si se hubieran convertido en un chiste, provocaban automáticamente la sonrisa de todos.

—¿Vio usted a Bessy alejarse del coche?

—Sí. Se alejó en compañía del sargento Mullins.

Todas las miradas se dirigieron ahora hacia la espalda de este. Ward ya les parecía cada vez menos un asesino.

—¿Permanecieron mucho tiempo ausentes? ¿Dónde estuvo Ward durante todo ese tiempo?

—Ward fue uno de los primeros en regresar al coche. Después lo hizo Bessy y tuvimos que esperar a Mullins unos minutos.

—¿Cuánto tiempo estuvieron juntos Bessy y Mullins?

—Tal vez diez minutos.

—¿Ya habían decidido no seguir el viaje hasta Nogales?

—No. Cuando arrancamos el coche, Bessy dijo que ya tenía suficiente y que quería regresar.

—¿Ward dio la vuelta sin discutir?

—Sí, señor.

—Díganos lo que pasó después. Usted no había tomado alcohol, ¿verdad?

—No, señor. Solo Coca-Cola. Después de unos cien metros, Bessy pidió que detuvieran de nuevo el coche.

—¿No dijo nada más?

—No.

—¿Quién bajó del coche con ella?

—Al principio, nadie. Se alejó de allí sola. Después bajó Dan Mullins.

—¿Está seguro de que fue Dan Mullins?

—Sí, señor.

—¿Estuvo mucho tiempo ausente?

—Por lo menos diez minutos. Quizá más.

—¿Se dirigió hacia la vía del ferrocarril?

—Sí. Después el sargento Ward se bajó también por el lado izquierdo y dio la vuelta al coche. Regresó casi inmediatamente, pues se oían los pasos de Mullins.

—¿Los dos hombres discutieron?

—No. Nos fuimos de allí. Y, más tarde, el sargento O'Neil, Van Fleet y yo bajamos del coche delante de la estación de autobuses.

—¿Quién propuso regresar?

—El sargento O'Neil.

—¿Le pidió que no los acompañara?

—No exactamente. Me preguntó si no estaba muy cansado y si prefería regresar a la base.

—¿De qué hablaron en el taxi?

—Van Fleet y O'Neil hablaron en voz baja. Yo estaba sentado delante con el taxista y no pude oír lo que decían.

—¿Quién indicó al chófer el sitio donde debía detenerse?

—O'Neil.

—¿Era el lugar de la primera parada que hicieron ustedes o el de la segunda?

—No puedo asegurarlo. Aún estaba muy oscuro.

—¿No se produjo ninguna discusión en ese momento?

—No, señor.

—¿No le pidieron al taxista que los esperase?

No se había hablado de esa cuestión. Regresaban al lugar para buscar a la joven que habían abandonado en el desierto y, sin embargo, no se plantearon pedirle al taxista que esperase para llevarla a su casa.

—En la carretera, ¿no se cruzaron con ningún coche o tal vez alguno les adelantó?

—No, señor.

—¿Qué hicieron ustedes una vez se fue el taxi?

—Anduvimos en dirección a Nogales. Después de recorrer unos ochocientos metros, dimos la vuelta.

—¿Juntos?

—Al ir, sí. Al regresar, yo caminaba por el borde de la carretera, y el sargento O'Neil y Pinky se habían adentrado en el desierto.

—¿Hacia el lado de la vía del ferrocarril?

—Sí, señor.

—¿Cuánto tiempo duraron esas idas y venidas?

—Aproximadamente una hora.

—¿Y durante una hora no vieron ustedes a nadie? ¿No oyeron ningún tren? ¿De qué color era el coche que los recogió?

—Amarillo claro.

El fiscal se levantó de nuevo para hacer la famosa pregunta, a la que concedía una importancia inexplicable.

—¿Se fijó usted si en la carrocería había alguna señal de haber sufrido un accidente?

—No, señor. Subí por el lado derecho.

—¿Y O'Neil?

—También. Era un sedán. Él se instaló delante y yo detrás. Pinky dio la vuelta.

—¿Tenían ustedes la botella de whisky?

—No, señor.

—¿Y en el taxi?

—No estoy muy seguro. Creo que no.

—Al día siguiente, cuando Harold Mitchell le comunicó que su hermana había sido asesinada, ¿le dijo usted que sabía lo que había pasado y que solo se lo diría al *sheriff*?

Maigret vio que la mano de Mitchell se crispaba sobre su rodilla.

—No, señor.

—¿Qué le dijo usted entonces?

—Le dije: «El *sheriff* nos interrogará y yo le diré lo que sé».

Eso no era, evidentemente, lo mismo, y Mitchell, al lado de Maigret, tuvo un gesto nervioso de despecho, de cólera.

¿Acaso el chino mentía? ¿Quién mentía de los cuatro que habían declarado hasta entonces?

—¡Se suspende la vista! La sesión se reanudará a la una y media en la sala del juzgado de paz, en el piso de abajo.

Harry Cole no estaba allí, como había prometido. Maigret lo vio bajarse del coche un poco más tarde frente a County House. Estaba tan fresco y tan espabilado como el día anterior, y con el mismo buen humor, que parecía inagotable. Se trataba de una alegría serena, de un hombre que no tiene pesadillas y que se siente en paz consigo mismo y con los demás.

Casi todos eran como Cole, y eso enfurecía a Maigret.

Le hacía pensar en un vestido demasiado limpio, demasiado bien lavado y demasiado bien planchado. Eran como sus casas, tan impolutas como si fueran clínicas, donde no había motivo para preferir sentarse en un rincón o en otro.

El comisario sospechaba que, en el fondo, experimentaban las mismas angustias de todos los mortales y que, por pudor, adoptaban aquella apariencia alegre.

En su opinión, ni siquiera los cinco hombres de la aviación se mostraban intranquilos. Cada cual permanecía encerrado en sí mismo, pero sin que se notara esa angustia de quienes, con razón o sin ella, se sospecha que han cometido un crimen.

El público de la sala del tribunal no daba la impresión de inmutarse. Nadie parecía pensar en la joven que había muerto en la vía del tren. Se trataba más bien de una especie de juego, en el que únicamente el reportero del *Star* escribía titulares sensacionalistas.

—¿Ha dormido bien, Julius?

¡Si al menos dejasen de llamarlo así! Lo más sorprendente era que no lo hacían a propósito, que no había en ello la menor ironía.

—¿Ha resuelto usted el problema? ¿Se trata de un crimen, de un suicidio o de un accidente?

Maigret entró, como si estuviese en su casa, en el bar de la esquina de la calle, donde se topó de nuevo con algunas de las caras que había visto durante la audiencia, incluidos dos de los miembros del jurado.

—*Have a drink!* Usted llevó en Francia una investigación de este tipo, ¿verdad? Un magistrado al que se encontró muerto en una vía de ferrocarril. ¿Cómo se llamaba?

—Prince —murmuró Maigret con guasa.

Y aquello le chocó, porque también en el asunto Prince se había hablado de una cuerda alrededor de las muñecas.

—¿Cómo terminó aquel asunto?

—Nunca terminó.

—¿Tiene usted alguna idea de lo que realmente ocurrió?

La tenía; pero prefirió callar, porque su opinión sobre aquel asunto le había supuesto muchas molestias y ataques por parte de la prensa.

—¿Ha hablado usted con Mike? Lo conoce usted, ¿verdad que sí? Es el *chief deputy-sheriff* y se ocupa personalmente de los asuntos importantes. ¿Quiere usted que se lo presente?

—Todavía no.

—En ese caso, vamos a comer un bistec con cebolla y después lo dejaré en County House justo a tiempo.

—¿No sigue usted la investigación?

—No me compete, ya se lo he dicho.

—¿Tampoco le interesa?

—No puede uno interesarse por todo, ¿no es cierto? Si yo hiciera el trabajo de Mike O'Rourke, ¿quién haría el mío? Quizá mañana o pasado pueda, por fin, echarle el guante a veinte mil dólares de estupefacientes que circulan en la región desde hace una semana.

—¿Cómo lo sabe usted?

—Por nuestros agentes en México. También sé quién los ha vendido, a qué precio y qué día. Sé cuándo han pasado la frontera por Nogales. Y creo saber también en qué camión han sido transportados hasta Tucson. Por lo demás, estoy en un punto muerto.

La camarera de la cafetería, de aspecto lozano y bonita, era una rubia bastante corpulenta, de unos veinte años.

Cole la llamó:

—*Hello*, Doll! —Y le dijo a Maigret—: Estudia en la universidad. Espera que le concedan una beca para finalizar sus estudios en París.

¿Por qué el comisario sintió deseos de mostrarse grosero? ¿Por qué se ponía de tan mal humor cuando estaba con Harry Cole?

—¿Y si le pellizcan las nalgas? —preguntó Maigret, pensando en las camareras de los cafés franceses.

Su colega pareció sorprenderse, miró a Maigret un buen rato, como si se planteara seriamente la pregunta.

—No lo sé —confesó por fin—. ¿Quizá podría usted probar? ¡Doll!

¿Cole creía realmente que Maigret alargaría la mano mientras la joven se inclinaba hacia ellos, con su uniforme blanco relleno de aquella carne prieta?

—¡Sargento Mullins!

¡Otro soltero! En el grupo, Ward era el único casado y padre de familia.

¿No era en aquel momento Dan Mullins el que tenía aspecto de malvado?

—Cuéntenos lo que pasó el...

Maigret prefería la pequeña sala de abajo a la de arriba, aunque fuese más calurosa. Era más íntima. Y allí Ezequiel se sentía como en su casa, y así resultaba mucho más pintoresco.

Era como el bedel de la escuela; el juez era el maestro, y el fiscal, un inspector de visita.

¿Iban, tal vez, a decidirse por fin a plantear las preguntas fundamentales? El sargento Ward había confesado que se sentía celoso de su amigo Mullins. Estaba en compañía de este cuando sorprendió a Bessy en la cocina del músico.

Sin embargo, una vez más, no se habló del asunto.

Cinco hombres y una chica habían pasado juntos una buena parte de la noche. Todos, salvo el chino, estaban sobreexcitados por el alcohol. Cuatro, de un total de cinco, eran solteros, y Maigret ya sabía que tenían pocas ocasiones de satisfacer su deseo sexual. En cuanto a Ward, era un tipo celoso, y parecía haber estado realmente enamorado de Bessy.

Ni una palabra sobre ello. Siempre las sempiternas preguntas. El mismo juez debía de concederles tan poca importancia que las formulaba mirando a otra parte, al techo casi siempre. ¿Escuchaba, al menos, las respuestas?

El único que tomaba notas y que daba la impresión de interesarse por lo ocurrido era Mike O'Rourke, el Maigret del condado. La negra que estaba detrás del comisario daba el pecho a su bebé, y ahora estaba acompañada de más gente: de una niña pequeña y de una mujer gorda también negra. Si la vista se prolongaba mucho más tiempo, toda la tribu llenaría la sala del tribunal.

—¿Se había encontrado antes con Bessy?

—Una vez, señor.

—¿Sola?

—Estaba con Ward cuando este la conoció en el *drive-in*. Los dejé cuando se marcharon en coche, hacia las tres de la mañana.

—¿Sabía usted que el sargento Ward tenía la intención de divorciarse para casarse con ella?

—No, señor.

Todo giraba en torno a ese tema.

—¿Qué ocurrió cuando el automóvil se detuvo un poco después del aeródromo?

—Bajamos todos. Yo me dirigí hacia el servicio de…

¡De letrinas, lo sabían de sobra! Aquello se estaba convirtiendo en una obsesión: los cinco hombres y la mujer desparramados alrededor del coche, mientras eliminaban todo el líquido ingerido durante la noche.

—¿Se alejó usted solo?

—Sí, señor.

—¿Vio usted al sargento Ward?

—Lo vi desaparecer con Bessy en la oscuridad.

—¿Regresaron juntos?

—Ward regresó solo y se sentó al volante. Después dijo, con impaciencia: «¡Que se vaya al diablo esa chica! ¡Así aprenderá!».

—Perdone. ¿Fue durante la primera parada cuando Ward pronunció esa frase?

—Sí, señor. Solo hubo una parada antes de Tucson.

—¿Bessy no le pidió a Ward que la siguiera con el pretexto de que tenía que hablar con él?

—Antes, sí.

—¿Antes de qué?

—En el momento en que el coche se detuvo. Fue ella la que dijo que ya no quería ir más lejos, y Ward redujo la marcha. Luego Bessy añadió: «Tengo que hablarte. Ven conmigo».

—¿En la primera parada?

—No hubo otra.

Se hizo un silencio bastante largo. Las espaldas de los otros cuatro soldados permanecieron inmóviles. El juez preguntó:

—¿Qué pasó después?

—Regresamos a la ciudad y dejamos a los otros dos.

—¿Por qué siguió usted con Ward?

—Porque él me lo pidió.

—¿En qué momento?

—No me acuerdo.

—¿Le dijo que tenía la intención de regresar a buscar a Bessy?

—No; pero entendí que se trataba de eso.

—¿Le dio usted cigarrillos?

—No. Durante el trayecto, me pidió que sacara su paquete del bolsillo. Saqué un cigarrillo y se lo encendí.

—¿Eran Chesterfields?

—No, señor. Camel. Quedaban tres o cuatro cigarrillos en el paquete.

—¿Fumó usted también?

—No creo. No me acuerdo. Me quedé dormido.

—¿Antes de que el coche se detuviera?

—Eso creo, o inmediatamente después. Cuando Ward me despertó, vi un poste del telégrafo y un cactus cerca del coche.

—¿Ninguno de ustedes dos bajó del coche?

—No sé si Ward bajaría. Yo estaba durmiendo. Me llevó a su casa y me dio una almohada para que me acostara en el sofá.

—¿Vio usted a su mujer?

—En aquel momento, no. Los oí hablar.

—En resumidas cuentas, dieron ustedes la vuelta para buscar a Bessy y ni siquiera se bajaron del coche.

—Sí, señor.

—¿Se cruzaron con algún coche? ¿Oyeron algún tren?

—No, señor.

Todos aquellos muchachotes grandes y fuertes tenían entre dieciocho y veintitrés años. Bessy, que tenía diecisiete, estaba ya casada, divorciada y, ahora, muerta.

—¡Se suspende la vista!

Al pasar por delante del despacho acristalado, Maigret oyó al fiscal, que hablaba por teléfono:

—Sí, doctor. Dentro de unos minutos. Se lo agradezco. Esperaremos…

Sin duda, se trataba del médico que había practicado la autopsia y que sería el siguiente testigo. Debía de estar muy ocupado, pues la pausa duró más de media hora, por lo que el juez tuvo tiempo de hacer desfilar ante él a cinco o seis delincuentes de delitos menores.

En un rincón del pasillo, el fiscal y Mike O'Rourke charlaban animadamente, y llamaron, para consultarle algo, al oficial que acompañaba a los cinco hombres. Poco después se encerraron en el despacho en cuya puerta se leía PRIVADO, donde luego acudió el juez para reunirse con ellos.

4

El hombre que daba cuerda a los relojes

Uno de los tíos de Maigret, hermano de su madre, tenía una manía. En cuanto se encontraba en una habitación donde había un reloj de cualquier tipo, grande o pequeño, un reloj de péndulo antiguo encerrado en su caja acristalada, o un despertador colocado sobre la chimenea, dejaba de prestar atención a la conversación hasta el momento en que podía acercarse para darle cuerda.

Lo hacía en cualquier parte, aunque estuviese de visita en casa de personas a quienes apenas conocía. Incluso en tiendas donde había entrado para comprar un lápiz o clavos se comportaba de igual manera.

Sin embargo, no era relojero, sino un empleado del Registro Civil.

¿Se parecía Maigret a su tío? Cole le había dejado una nota en la recepción del hotel, con una llave plana en el sobre.

Querido Julius:

Me veo obligado hacer una escapada hasta México en avión. Probablemente estaré de regreso mañana por la mañana. Encontrará mi coche en la zona de aparcamiento del hotel. Le adjunto la llave. Un cordial saludo.

¿Qué habría pensado Cole de él y de la policía francesa si hubiese sabido que Maigret no sabía conducir?

Allí, hombres de su edad pilotaban su avión privado. Los rancheros, que, en realidad, eran unos granjeros potentados, tenían casi todos su avión, y lo utilizaban los domingos para ir de pesca. Además, muchos de ellos utilizaban un helicóptero para fumigar sus plantaciones con productos químicos.

No le apetecía almorzar solo en el comedor del hotel y se fue caminando.

Hacía mucho tiempo que deseaba caminar por las calles, pero le habían dado ocasión. Para dos *blocks*, como ellos decían, es decir, para dos manzanas de casas, cogían el coche.

Pasó ante un inmueble muy bonito, de estilo colonial, cuyas columnas blancas se erguían entre el césped bien cuidado. La noche anterior había visto brillar el rótulo de neón: CAROON MORTUARY. Era el empresario de pompas fúnebres.

«El mejor entierro al mejor precio», se anunciaba en los periódicos.

Y todas las tardes, durante media hora, tenía en la radio un programa de media hora de música suave. Era él quien embalsamaba a la gente. Había mirado a Maigret con una expresión de asco mal disimulada, cuando este le dijo que en Francia se enterraba a los muertos sin embalsamarlos, como a los peces o los pollos.

El médico forense, bajito, delgado y seco, que parecía tener mucha prisa, no había dicho gran cosa durante el interrogatorio. Había aludido a la cabeza «con el cuero cabelludo totalmente arrancado», a los dos brazos cortados y al «revoltijo de fragmentos de carne que le habían entregado».

—¿Puede usted determinar la causa de la muerte?

—Su muerte se produjo seguramente debido al choque con la locomotora. La parte superior del cráneo había sido arrancada como la tapa de una caja, y se encontraron trozos de cerebro a varios metros de distancia.

—¿Asegura usted que Bessy estaba con vida en el momento de producirse el impacto?

—Sí, señor.

—¿Es posible que estuviese inconsciente, debido a un golpe o a una intoxicación?

—Es posible, sí.

—¿Ha comprobado usted si el cuerpo presentaba golpes anteriores al momento de la muerte?

—Dado el estado del cuerpo, es imposible saberlo.

Y eso fue todo. Ninguna alusión a un examen de orden más íntimo que podría haberse realizado.

Maigret era casi el único que caminaba por las aceras del centro de la ciudad, y así había ocurrido en todas las poblaciones americanas donde había estado. Nadie vivía en el corazón de la ciudad. En cuanto se cerraban las oficinas y las tiendas, la muchedumbre se dirigía hacia los barrios residenciales, dejando prácticamente vacías las calles, donde, sin embargo, permanecían encendidos los escaparates.

Pasó ante un *drive-in* y le entraron ganas de un perrito caliente. Media docena de coches colocados en abanico estaban aparcados ante la puerta, y a cuyos ocupantes servían dos muchachas. También había una especie de mostrador en el interior, con taburetes fijados al suelo. Pero le pareció casi humillante llegar a pie y sentarse en un taburete.

Ya había experimentado ese sentimiento de humillación varias veces al día. Aquella gente tenía de todo. En cualquier pueblecito, los coches eran tan numerosos y tan lujosos como en los Champs-Élysées. Todo el mundo llevaba traje y zapatos nuevos. No se veían tiendas de reparación de calzado. La multitud iba bien arreglada y mostraba un aspecto próspero.

Las casas también eran nuevas y estaban llenas de aparatos modernos.

Tenían de todo; así era.

Y, sin embargo, cinco muchachotes de veinte años estaban ante el juez porque habían pasado la noche bebiendo con una joven, que luego había sido descuartizada por un tren.

¿Qué le importaba eso a él? Aquel asunto no le incumbía. Los viajes de estudios como aquel que le habían ofrecido después de tantos años de servicio eran más bien viajes de placer. Solo debía dejar que lo paseasen de ciudad en ciudad, aceptar que lo invitasen a buenas comidas, a whiskies y a cócteles, que le diesen placas de *deputy-sheriff* y escuchar las historias que le contaban.

Pero era más fuerte que él. Experimentaba la misma ansiedad que en Francia cuando llevaba a cabo una investigación complicada que debía resolver, costara lo que costase.

Aquella gente tenía de todo; cierto. Sin embargo, los periódicos estaban llenos de historias de crímenes de todo tipo. En Phoenix acababan de detener a una banda de delincuentes, el mayor de los cuales tenía quince años, y el más joven, doce. En Texas, un estudiante de dieciocho años había asesinado el día anterior a la hermana de su mujer, porque a esa edad ese muchacho ya estaba casado. Una chiquilla de trece años, también casada, acababa de dar a luz a dos gemelos, mientras su marido estaba en la cárcel por robo.

Maigret se encaminó por inercia al Penguin Bar. Cuando anteriormente había hecho ese mismo recorrido en coche le pareció que estaba cerca. en ese momento, se dio cuenta de lo grande que era la ciudad, y lamentó no haber tomado un taxi, porque estaba empapado de sudor.

Si aquella gente tenía de todo, ¿por qué la noche anterior se veía los clientes del Penguin Bar tan taciturnos?

¿Se parecía en algo Maigret a su tío, el que daba cuerda a los relojes incluso si no eran suyos? Era la primera vez que pensaba en su tío de esa manera, y quizás ahora entendía la razón de aquella manía. Debía de tenerles fobia a los relojes parados. Y un reloj que funciona puede detenerse en cualquier momento. La gente es descuidada y se olvida de darles cuerda.

Era instintivo: su tío se encargaba de hacerlo en su lugar.

Maigret también sentía malestar cuando le parecía que algo no marchaba bien. Entonces trataba de comprender y metía las narices por todas partes, husmeando.

¿Qué era lo que no funcionaba bien en aquel país, donde poseían de todo?

Los hombres eran grandes y fuertes, de aspecto saludable, limpios y, en general, alegres. Casi todas las mujeres eran bonitas. Las tiendas se hallaban atestadas de artículos y las casas eran las más cómodas del mundo; había cines en todas las esquinas, no se veía a ningún un mendigo y se diría que la miseria no existía.

El embalsamador pagaba un programa de música en la radio, los cementerios eran parques de lo más agradables, y no sentían la necesidad de rodearlos de rejas y muros, como si tuvieran miedo a los muertos.

Las casas también estaban rodeadas de césped, y a aquella hora los hombres, en mangas de camisa o con el torso desnudo, regaban la hierba y las flores. No había cercas ni vallas para separar unos jardines de otros.

¡Tenían de todo, caramba! Se organizaban de un modo casi científico para que la vida resultase lo más agradable posible y, desde que despertabas, la radio te deseaba un buen día en nombre de una marca de gachas de avena, sin olvidar felicitarte por tu cumpleaños, cuando era el día.

¿Por qué entonces?

Era sin duda esta pregunta la que hacía que Maigret se interesase por aquellos cinco hombres, a quienes no conocía de nada; por aquella Bessy, que estaba muerta y al que no había visto ni siquiera en foto, y también por los otros personajes que desfilaban ante el juez.

Muchas cosas varían de un país a otro. Otras son iguales en todas partes.

Pero tal vez lo que resulta más distinto al traspasar las fronteras sea el aspecto de la miseria.

La de los barrios pobres de París, los pequeños cafetuchos de la Porte d'Italie o de Saint-Ouen, la miseria mugrienta de la Zone y la miseria púdica de Montmartre o de Père-Lachaise le eran familiares. También la miseria absoluta de los muelles, la de la plaza Maubert o la del Ejército de Salvación.

Era una miseria que uno podía comprender, cuyo origen podía rastrearse y seguir su progresión.

En cambio, allí, Maigret presentía la existencia de una miseria sin harapos a la vista, limpia, una miseria con cuarto de baño, y que le parecía más dura, más implacable y desesperada.

Empujó, por fin, la puerta del Penguin Bar y se encaramó a un taburete. El camarero lo reconoció y recordó enseguida lo que había tomado la noche anterior, diciéndole en un tono cordial:

—¿Manhattan?

Maigret dijo que sí. Le daba lo mismo. No eran más que las ocho. Aún no había oscurecido del todo, pero ya había unos veinte clientes acodados en el mostrador, y también se veían algunas mesas ocupadas en los reservados.

Una muchacha, con pantalón y camiseta blanca, servía en la sala. Maigret no se había fijado en ella el día anterior. La siguió con la vista. Su pantalón, de tela de gabardina negra muy fina, moldeaba sus caderas y muslos a cada paso que daba. Parecía recién salida de un cartel publicitario, de un calendario o de una revista de cine.

Cuando terminaba de servir, metía cinco centavos en la caja de música y elegía un tema sentimental. Después iba a apoyarse a una esquina del mostrador y adoptaba una actitud soñadora.

Allí no había terrazas para tomar el aperitivo, mirando pasar a los transeúntes al atardecer y aspirando el olor de los castaños.

Bebían, eso sí; pero, para hacerlo, necesitaban encerrarse en los bares ocultos a las miradas, como si satisficieran una necesidad vergonzosa.

¿Esa era la razón de que se bebiese más?

El maquinista del tren había sido el último en declarar. Era un hombre de mediana edad, bien vestido, a quien Maigret había tomado en principio por un funcionario público.

—Cuando vi el cuerpo era demasiado tarde para detener el tren, pues llevaba detrás sesenta y ocho vagones cargados.

Se trataba de frutas y legumbres procedentes de México en vagones frigoríficos. Llegaban, del mismo modo, de todos los países del mundo. En los puertos entraban cada día centenares de navíos.

Tenían de todo.

—¿Ya era de día? —preguntó el fiscal.

—Amanecía. Y el cuerpo estaba atravesado en la vía.

Le llevaron una pizarra. El maquinista trazó con tiza unas líneas que representaban los raíles y, en medio de estos, dibujó una especie de muñeco.

—Esta es la cabeza.

Ninguno de sus miembros tocaban el raíl.

—La mujer estaba de espaldas, con las rodillas levantadas, como aquí. Esto es un brazo y esto el otro, el que acabó arrancado.

Maigret observaba los hombros de los cinco soldados, sobre todo los de Ward, que tal vez había matado a Bessy.

CROQUIS DEL MAQUINISTA

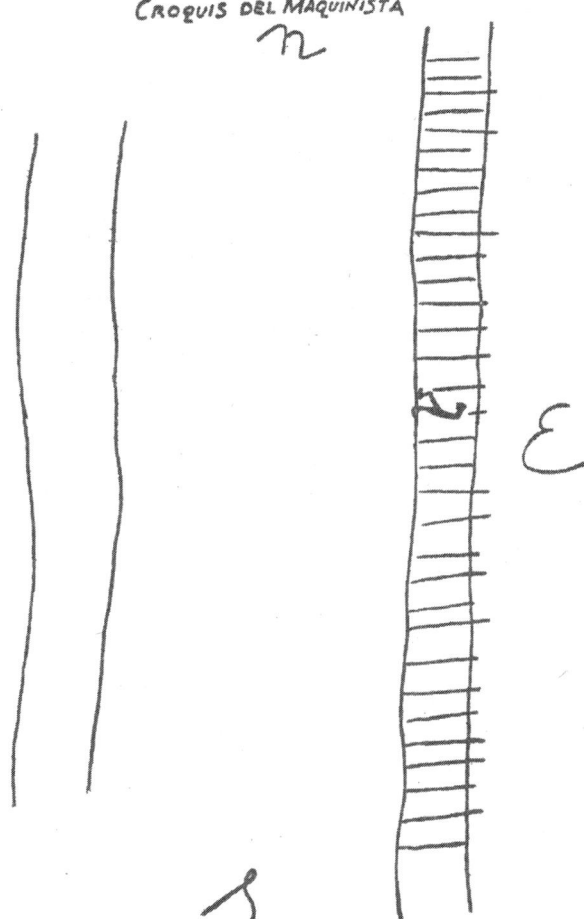

¿Acaso Ward o alguno de sus compañeros habían mantenido aquella noche relaciones sexuales con Bessy?

—El cuerpo fue arrastrado unos treinta metros.

—¿Pudo ver antes del choque si seguía viva?

—No puedo asegurarlo, señor.

—¿Le dio la impresión de que llevara las muñecas atadas?

—No, señor. Como puede ver en el dibujo, tenía las manos sobre el vientre. —Y muy deprisa, en voz más baja, añadió—: Fui yo quien recogió los pedazos a lo largo de la vía.

—¿Es cierto que encontró usted un trozo de cuerda?

—Sí, señor. Un trozo de unos quince centímetros. En las vías suelen encontrarse toda clase de objetos.

—¿La cuerda estaba cerca del cuerpo?

—Tal vez a un metro.

—¿No encontró nada más?

—Sí, señor.

Se puso a registrar sus bolsillos y sacó un pequeño botón blanco.

—Es un botón de camisa. Me lo metí maquinalmente en el bolsillo.

Se lo entregó al juez; este se lo pasó al fiscal y fue, por fin, O'Rourke quien se lo enseñó a los miembros del jurado; luego lo dejó sobre una mesa que había delante de él.

—¿Cómo iba vestida Bessy?

—Llevaba un vestido beis.

—¿Con botones blancos?

—No, señor. Los botones también eran beis.

—¿Cuántos hombres iban en el tren?

—Cinco en total.

Harold Mitchell, el hermano, se había vuelto a levantar. Le concedieron la palabra.

—Solicito que se interrogue a los otros cuatro.

Según él, fue el ayudante del maquinista quien vio, o al menos quien decía haber visto, una cuerda alrededor de las muñecas de Bessy antes del impacto.

—¡Se suspende la vista!

Había ocurrido algo que Maigret no acababa de comprender. En cierto momento el fiscal se había levantado para hablar con el juez, pero el comisario solo pudo oír algunas palabras sueltas. El juez también le había dicho algo al fiscal.

Cuando todo el mundo salía de la sala, los cinco soldados, en lugar de seguir a su oficial para regresar a la base, como el día anterior, habían sido conducidos hacia el fondo del pasillo por el *deputy-sheriff* del revólver.

Una vez en la galería, Maigret se acercó a uno de los miembros del jurado.

—¿Los han detenido?

Al hombre le costó entenderlo debido a su marcado acento.

—Sí. Por incitación a la delincuencia juvenil.

—¿También el chino?

—Él pagó una de las botellas.

Así, estaban detenidos por haber incitado a beber a Bessy, quien a los diecisiete años estaba casada, divorciada y se dedicaba más o menos abiertamente a la prostitución.

Maigret no ignoraba que un hombre que está de viaje en un país extranjero resulta siempre un poco ridículo por querer que las cosas funcionen igual que en su país.

¿Quizás obraban así por alguna razón que él desconocía?

¿Tal vez aquel interrogatorio del juez no era más que una simple formalidad y la verdadera investigación iba por otros derroteros?

Aquella tarde pudo confirmarlo. Cuando uno de los clientes del bar se marchó con paso cansino después de haberse despedido de su grupo, el comisario vio a O'Rourke, que hasta entonces había tapado el cuerpo del cliente que acababa de irse.

Estaba sentado en uno de los reservados, ante una botella de cerveza. La camarera se le había unido y se había sentado a su lado. Parecían buenos amigos. El *chief deputy-sheriff* hablaba con la joven mientras le acariciaba el brazo, y le había ofrecido una copa.

¿Conocía de vista a Maigret? ¿Se lo habría señalado Harry Cole entre el público de la sala del tribunal?

Al comisario le gustó ver a su colega americano en un bar. ¿No era así como acostumbraba él a trabajar? Sin duda, no era aquella la primera visita de O'Rourke al Penguin.

No jugaba a los policías. Estaba sentado con el peso de todo su cuerpo en un rincón. No fumaba en pipa, sino cigarrillos. En cierto momento hizo algo que sorprendió a Maigret: encendió un cigarrillo, y después de darle unas caladas, con la mayor naturalidad se lo cedió a la joven, que se lo llevó a los labios.

¿Estaría ella allí la noche de la muerte de Bessy? Probablemente. Debía de estar allí todas las noches, y tal vez fue ella quien les sirvió.

O'Rourke bromeaba y ella reía. La joven atendió a una pareja que acababa de entrar y luego volvió a sentarse a su lado.

O'Rourke daba la impresión de estar seduciéndola. Era rubio, llevaba el pelo cortado a cepillo y tenía un rostro sanguíneo.

¿Por qué no iba Maigret a sentarse con ellos? Solo tenía que darse a conocer.

El comisario se sorprendió pidiendo:

—¡Una caña! —Pero rectificó inmediatamente—: ¡Una cerveza!

La cerveza era fuerte, como en Inglaterra. Mucha gente no se la tomaba en vaso, sino que la bebía directamente de la botella. Junto a Maigret, había un distribuidor automático de cigarrillos, parecido a los de chocolatinas del metro de París.

Algo no iba bien, pero ¿qué era?

Hablándole del reclutamiento en el ejército, Harry Cole le había dicho:

—Entre otros, hay muchos «bajo palabra». —Y, como Maigret no entendía, le había explicado—: Aquí, cuando un hombre es condenado a dos, cinco o incluso más años de prisión, eso no significa que pase todo ese tiempo en la cárcel. Tras algún tiempo, a veces solo unos meses, si su conducta es satisfactoria, queda en libertad «bajo palabra». Está libre, pero tienen la obligación de dar cuenta de sus actos a un oficial de la policía, primero cada día, luego cada semana y, por último, cada mes.

—¿Reinciden con frecuencia?

—No tengo a mano las estadísticas, pero el FBI no está de acuerdo con que se conceda con tanta facilidad la libertad bajo palabra. Algunos cometen un robo o un asesinato unas horas después de ser puestos en libertad. Otros prefieren alistarse en el ejército, lo que automáticamente los libera de la obligación de presentarse ante la policía cada cierto tiempo.

—¿Es el caso de Ward?

—No lo creo. Creo que Mullins que tiene varias condenas por delitos menores. Sobre todo, golpes y heridas. Es originario de Michigan, y allí son tipos duros.

Había algo más que desconcertaba a Maigret: la gente casi nunca era del sitio donde vivía en ese momento. Allí, en Tucson, el juez, que era también juez de paz, procedía de Maryland, pero había realizado sus estudios en California. El maquinista del tren era de Tennessee y el camarero del Penguin debía de haber llegado en línea recta desde Brooklyn.

Y más arriba, en las grandes ciudades del norte, existían los *slums*, zonas pobres, con casas en forma de cuartel, donde los hombres se endurecían y los niños de la calle formaban ya sus bandas en el barrio.

En el sur, alrededor de las ciudades, la gente vivía en barracas de madera en medio de la basura.

Aquello no era una explicación; Maigret lo sabía. Existía otra razón que explicase aquella sensación de que algo no iba bien. El comisario se bebía su cerveza, mientras miraba de reojo a su colega y a la camarera.

Por un momento se preguntó si O'Rourke no estaría allí para vigilarlo a él. No era algo imposible. A pesar de su actitud juguetona ante la vida y la gente, Harry Cole era muy capaz de prever que esa tarde iría al Penguin. ¿Quizá no deseaba que metiera las narices en aquel asunto?

Era un error beber tanto. Pero ¿qué otra cosa podía hacer? No podía permanecer una hora ante un vaso de cerveza, como si estuviera en una terraza. Tampoco deambular solo, a pie, por calles interminables. Y no le apetecía meterse en un cine ni encerrarse en la habitación del hotel.

De modo que hacía como los demás. Cuando su vaso estaba vacío, llamaba por señas al camarero, que volvía a llenarlo. Maigret pensaba que le bastaría utilizar la botella azul del *drugstore* al día siguiente por la mañana para volver a sentirse bien.

Había anotado la dirección de la casa en que Bessy vivía con Erna Bolton. Finalmente se bajó del taburete y deambuló por el barrio, tratando de descifrar el nombre o, mejor dicho, el número de las calles.

En cuanto salía de la arteria comercial, con sus escaparates iluminados, las calles se volvían oscuras, con pequeños jardines con césped que separaban unas casas de otras.

¿Era intencionado por parte de la gente no cerrar las contraventanas ni correr las cortinas?

Delante de las casas había un porche, y en casi todos ellos se veía a familias que se balanceaban en mecedoras.

En las habitaciones iluminadas se descubría con frecuencia una vida más íntima: parejas que comían, mujeres que se peinaban, hombres que leían el periódico, y de todas las casas se filtraba el sonido de la radio. La de Bessy y Erna Bolton se hallaba en una esquina. Era de una sola planta. Se veía luz. Era bastante bonita, casi lujosa. Harold Mitchell y el músico estaban sentados en un sofá y fumaban un cigarrillo, mientras Erna, en bata, les servía helados.

Maggie Wallach no estaba allí. ¿Quizás estaría trabajando en el *drive-in*, sirviendo perritos calientes y espaguetis a los conductores?

No tenían misterios. Todo el mundo parecía vivir a plena luz. No había sombras inquietantes rozando las casas, ni cortinas echadas sobre interiores ocultos. Tan solo coches que iban Dios sabe dónde, sin utilizar jamás el claxon, deteniéndose en seco en los cruces, cuando el semáforo pasaba del verde al rojo, y prosiguiendo luego su camino.

Aquella noche no cenó. Cuando regresó al centro, los *drugstores*, donde pensaba comer un sándwich, estaban cerrados. Todo estaba cerrado, excepto los tres cines y los bares.

Entonces, un poco avergonzado, entró en uno de aquellos bares y después en otro. Saludaba amistosamente al camarero, como había visto hacer a todo el mundo, y luego se encaramaba a un taburete.

En todas partes se oía la misma música ensordecedora. A lo largo del mostrador, aparatos niquelados conectados con el fonógrafo tragaban monedas de cinco centavos. Solo había que girar una aguja sobre el título de la canción que uno deseaba oír.

Sería aquella, quizás, la explicación?

Maigret estaba solo, y hacía lo que puede hacer un hombre solo.

Cuando regresó al hotel se sentía terriblemente pesado, taciturno. Se encaminó al ascensor, pero luego regresó sobre sus pasos para dejar la llave del coche de Cole en el casillero. Quizá su colega lo necesitase al día siguiente temprano.

—*Good night, sir!*

Good night! Tenía una Biblia en la cabecera de la cama. En cientos de miles de habitaciones de hoteles esperaban al viajero la misma Biblia con tapa negra.

En definitiva: el bar o la Biblia.

La clase se reanudaría en el primer piso, y, antes de la llamada de Ezequiel, la gente se paseaba por la galería, donde ya hacía calor por la mañana.

Todo el mundo llevaba camisa limpia, y la ducha había disipado los vapores de la noche anterior.

Así, sonriendo, empezaban de nuevo la vida cada mañana.

Al entrar en la sala, se llevó una pequeña sorpresa al ver a los cinco muchachos no con el uniforme de aviación, sino con ropa muy amplia, que recordaba a los pijamas y que dejaba el cuello al descubierto.

De pronto ya no parecían buenos muchachos. Se apreciaba mejor la irregularidad de los rasgos y ciertas asimetrías que resultaban inquietantes.

Había colocado de nuevo la pizarra, donde seguía viéndose el muñeco entre las líneas que representaban la vía.

—Elias Hansen, de la Southern Pacific.

No era uno de los hombres que iban en el tren y que Mitchell había pedido que declarase. Explicó en un tono tranquilo, con una voz fuerte y monótona, en qué consistía su oficio. Era él quien se ocupaba de investigar, para la compañía del ferrocarril, los robos que se cometían en los trenes o cuando se producía un accidente o una muerte violenta.

Seguramente era de origen escandinavo. Se le notaba muy cómodo. Debía de estar acostumbrado a ese tipo de interrogatorios, y se dirigía por propia iniciativa hacia los miembros del jurado, con esa expresión típica de los maestros de escuela cuando explican un problema difícil.

—Vivo en Nogales. Me avisaron por teléfono un poco

antes de las seis de la mañana y llegué al lugar de los hechos, en mi coche, a las seis y veintiocho.

—¿Había otros coches cerca del lugar del accidente?

—Aún estaba la ambulancia, así como otros cuatro o cinco coches, unos de la policía y otros de curiosos. Un *deputy-sheriff* impedía que la gente se acercase a la vía.

—¿El tren seguía allí?

—No. Me encontré con el *sheriff* Atwater, que había llegado antes que yo.

Señaló en los bancos del público a alguien en quien ya había reparado Maigret, pero sin tomarlo por un colega.

—¿Qué hizo usted?

El hombre se levantó, dirigiéndose con soltura hacia la pizarra y cogió un pedazo de tiza.

—¿Me permite que borre?

Dibujó a su vez la carretera y las vías del ferrocarril, señalando los cuatro puntos cardinales, la dirección de Tucson y la de Nogales.

—En primer lugar, en este punto de aquí, Atwater me hizo notar las huellas de neumáticos, que indicaban que un automóvil había frenado con bastante brusquedad antes de detenerse en la parte lateral de la carretera. Como ustedes saben, esa parte es arenosa. Del coche partían huellas de pasos muy claros, y las seguimos.

—¿Las huellas de cuántas personas?

—De un hombre y de una mujer.

—¿Podría usted señalar en la pizarra el recorrido aproximado de los pasos?

Lo hizo trazando una línea de puntos.

—Puede verse cómo el hombre y la mujer caminaron el

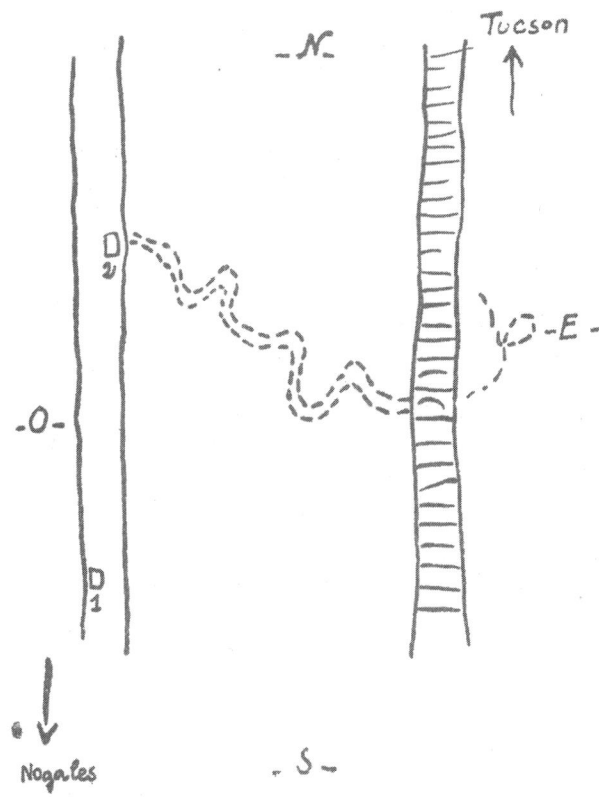

uno junto al otro sin seguir una línea recta. Dieron varias vueltas antes de llegar a la vía del tren y allí se detuvieron, por lo menos dos veces. Después cruzaron el talud en este punto, que marco con una cruz. Del otro lado, a cierta distancia, se pierde la pista durante un trecho, porque el suelo es duro y pedregoso. Volvimos a encontrar las huellas en sentido inverso, cerca del lugar donde la mujer fue arrollada por el tren. En el talud propiamente dicho, que era de grava, no había ninguna huella, pero a pocos metros se veían las de la mujer.

—¿Las del hombre no?

—Las del hombre también, pero no eran del todo paralelas. En este punto alguien descargó su vejiga; se veía claramente en la arena.

—¿Observó usted si en algún momento las huellas se superponían?

—Sí, señor. Aquí, y también aquí. En dos ocasiones se superpone la huella del pie del hombre a la de la mujer, como si el este hubiera caminado detrás de su compañera.

—¿Vio usted las huellas del hombre cuando volvieron, es decir, en dirección a la carretera?

—De una manera precisa y continua, no. A partir de ese punto, las marcas son numerosas y confusas, sin duda debido a la gente del tren, los de la ambulancia y la policía.

—¿Tiene usted la cuerda que ha mencionado el maquinista?

La sacó del bolsillo con un gesto desenvuelto. Era un trozo de cuerda corriente y era evidente que no le concedía ninguna importancia.

—Aquí está. Encontré otro pedazo de cuerda cincuenta metros más adelante.

—¿Ninguna pregunta, fiscal?

—¿Cuántas personas había en el lugar de los hechos cuando usted llegó?

—Tal vez una docena.

—¿Otras personas habían empezado ya a investigar en el lugar?

—El *deputy-sheriff* Atwater, y creo que también el señor O'Rourke.

—¿Descubrió usted algo?

—Encontré un bolso de cuero blanco a cuatro o cinco metros de la vía.

—¿En el lado donde aparecen las huellas de los pasos?

—En el lado contrario. Estaba hundido en parte en el suelo blando, como si hubiese sido despedido en el momento del impacto. Hemos visto casos similares con frecuencia. Es debido a la fuerza centrífuga.

—¿Abrió usted el bolso?

—Se lo entregué al *sheriff* O'Rourke.

—¿Ahí terminó su investigación?

—No, señor. Examiné la carretera en dirección a Tucson y también en dirección a Nogales, unos ochocientos metros en cada sentido. A unos ciento cincuenta metros, aproximadamente, en dirección a Nogales, encontré huellas muy claras de neumáticos, que indicaban que en el lateral derecho de la carretera se había detenido un coche. Había numerosas señales de pasos y las huellas de los neumáticos indicaban que el coche había dado media vuelta allí mismo.

—¿Las huellas de los neumáticos son las mismas que las del primer coche el que ha mencionado antes?

—No, señor.

—¿Cómo puede usted estar tan seguro?

Hansen sacó un papel del bolsillo y enumeró las marcas de neumáticos del coche que había dado la vuelta. Los cuatro neumáticos, en efecto, eran de marcas diferentes.

—¿Sabe usted a qué automóvil pertenecían?

—Lo comprobé inmediatamente. Son los del Chevrolet de Ward.

—¿Y los del coche de donde parten las huellas de los pasos de una mujer y un hombre?

—Creo que el *sheriff* no tendrá dificultad en encontrar el coche, pues se trata de una marca de neumáticos que solo se vende a crédito, por mensualidades.

—¿Ha examinado usted el taxi que se dirigió al lugar de los hechos con los cabos Van Fleet y Wo Lee y con el sargento O'Neil?

—Sí, señor. No se trata de ese coche. El taxi lleva neumáticos Goodrich.

—¿Ninguna otra pregunta, señores del jurado?

Se suspendió la vista. Maigret encendía ya su pipa, y Ezequiel, que hacía otro tanto, le dirigió un guiño de complicidad. El *deputy-sheriff*, con su enorme revólver y el cinturón lleno de cartuchos, condujo a los cinco hombres con uniforme carcelario hasta la galería, de donde pasaron, uno a uno, al lavabo. Allí el comisario coincidió con Ward y Mitchell.

¿Se había equivocado? Le había parecido que en el momento en que empujaba la puerta el sargento Ward y el hermano de Bessy se habían callado bruscamente.

5

La declaración del taxista

En la planta baja del edificio, durante esa misma pausa, Maigret se encontró en un extremo de la galería a solas con Mitchell, no lejos de la gran máquina roja de Coca-Cola.

Maigret se sentía tan torpe e incómodo como un provinciano que se acerca a una mujer hermosa en una calle de París. Le dirigió primero una mirada, carraspeó y, adoptando un aire lo más desenvuelto posible, le dijo:

—¿Lleva usted por casualidad alguna foto de su hermana?

Entonces, en pocos segundos, se produjo un fenómeno que el comisario conocía muy bien. Mitchell, que ya no era de por sí una persona afable, de pronto adquirió esa expresión propia de los tipos duros, y a Maigret le recordó a los delincuentes de París, así como como a los gánsteres del cine americano. Se trataba de una actitud defensiva puramente animal que ese tipo de gente ha conservado; la misma que adoptan las fieras, que se quedan inmóviles de repente, en estado de alerta, tensos y con el pelaje erizado.

Una mirada dura, inmóvil se clavó sobre el grueso Maigret, que se esforzaba por mostrarse tranquilo.

Un poco cobardemente, con el fin de halagar a su interlocutor, el comisario añadió:

—Hay muchas preguntas que parece que *ellos* no quieren hacerle a usted.

El otro desconfiaba aún y trataba de comprender.

—Se diría que pretenden que todo quede en un simple accidente.

—Eso pretenden.

—Soy del oficio. Pertenezco a la policía francesa. Este asunto me interesa a título privado. Me habría gustado ver una fotografía de su hermana.

Los tipos duros son iguales en todas partes, con la diferencia de que allí carecían del sentido del humor, resultaban más agrios.

—¿Así que no cree usted, al contrario que esos hijos de perra, que mi hermana decidió echarse en la vía para que el tren la arrollase?

Se le notaba lleno de rencor. Finalmente dejó en el suelo la Coca-Cola y sacó de su bolsillo una cartera muy usada.

—¡Mírela! Es ella, hace tres años.

La foto era de mala calidad, y estaba tomada en una feria delante de una tela pintada. Los tres personajes aparecían descoloridos. No debía de ser en el sudoeste del país, porque vestían gruesos trajes de invierno, y Bessy llevaba una piel barata en el cuello del abrigo y un pequeño sombrero.

Parecía tener quince años, pero el comisario sabía que, en esa época, aún no los había cumplido. Su pequeño rostro arrugado, de aspecto enfermizo, no dejaba de tener cierto encanto. Se notaba que jugaba a ser mujer, a la mujer orgullosa de salir con dos hombres.

Debían de haber salido de juerga aquella noche. El mundo les pertenecía. Mitchell, apenas un adolescente, con el sombrero calado sobre los ojos y un cigarrillo colgándole del labio, y una expresión desafiante.

El segundo acompañante era un poco mayor, dieciocho o diecinueve años, bastante grueso y fofo.

—¿Quién es este?

—Steve. Se casó con ella unas semanas más tarde.

—¿Qué hacía él?

—En aquel momento trabajaba en un garaje.

—¿Dónde estaba?

—En Kansas.

—¿Por qué él pidió el divorcio?

—Primero se marchó sin decir nada y sin que supiéramos por qué. Durante unos meses envió un poco de dinero, primero desde Saint-Louis y luego desde Los Ángeles. Por fin, un día escribió diciendo que lo mejor era que se divorciaran, y envió los papeles.

—¿Dio alguna razón?

—Creo que no quiso comprometer a mi hermana. Seis meses más tarde la policía lo detuvo junto a una banda que robaba coches. Ahora está en San Quintín.

—¿Ha estado usted también en la cárcel?

—En un correccional.

En Francia aquella conversación le habría resultado más fácil. Maigret conocía bien a esos tipos, y pronto habría franqueado el muro que los separaba.

Allí, en un país extranjero, procedía dudando y temeroso de asustar a su compañero.

—¿Es usted originario de Kansas?

—Sí.

—¿Era pobre su familia?

—Sí. Pasábamos hambre. Éramos cinco, entre hermanos y hermanas, con solo un año de diferencia entre cada uno. Mi padre se mató yendo en un camión cuando yo tenía cinco años.

—¿Conducía camiones? ¿El seguro no pagó?

—Trabajaba por su cuenta. Tenía un camión viejo, con el que iba a buscar verduras al campo para venderlas después en las ciudades. Pasaba todas las noches en la carretera. No había acabado de pagar el camión y, naturalmente, no tenía seguro.

—¿Qué hizo su madre?

Mitchell no respondió enseguida, se encogió de hombros y al final dijo:

—Lo que pudo. A los seis años yo vendía periódicos y limpiaba zapatos en las calles.

—¿Cree usted que el sargento Ward ha matado a su hermana?

—Seguramente no.

—¿Estaba enamorado de ella?

De nuevo se encogió levemente de hombros.

—No ha sido Ward. Es demasiado cobarde para hacer algo así.

—¿Cree que de verdad pensaba divorciarse?

—En todo caso, él no la habría matado.

—¿Mullins?

—Mullins y Ward estuvieron todo el rato juntos.

Le había cogido la foto a Maigret y se la guardó. Mirando a este a los ojos, le preguntó:

—Suponiendo que descubriera usted quién ha matado a mi hermana, ¿qué haría?

—Se lo diría al FBI.

—No tienen nada que ver con este asunto.

—Hablaría con el *sheriff* o con el fiscal.

—Haría usted mucho mejor diciéndomelo a mí.

Y con aire abstraído, algo despectivo, se alejó, porque se oyó a Ezequiel llamar desde arriba:

—¡Señores del jurado!

Hubo otro conciliábulo entre el juez y el fiscal. Este último estaba diciendo:

—Quisiera que ahora declarase el taxista, que lleva esperando desde esta mañana, por lo que está perdiendo un día de trabajo.

Resultaba una novedad ver salir a los testigos de las filas del público, y la mayoría de las veces su aspecto no respondía a la idea que uno se había hecho de ellos. El taxista, por ejemplo, era un hombre delgado y bajo, con gruesas gafas de intelectual, vestido con pantalón claro y camisa blanca, como todos los demás.

Al principio del interrogatorio, se supo que era taxista desde hacía un año, y que anteriormente había sido profesor de botánica de un colegio del Middle West.

—La noche del veintisiete de julio, ¿se subieron a su coche tres soldados de aviación frente a la estación de autobuses?

—Me enteré por el periódico, porque no iban de uniforme.

—¿Puede usted reconocerlos entre el público de esta sala y señalarlos?

Señaló con el dedo a O'Neil, a Van Flee y a Wo Lee sin la menor vacilación.

—¿Se fijó usted en cómo iban vestidos?

—Este y aquel llevaban vaqueros de tela azul y una camisa blanca o, al menos, clara. El chino llevaba una camisa de color violeta. No me fijé en el tono de sus pantalones.

—¿Estaban muy borrachos?

—No mucho más que todos a los que recojo a las tres de la mañana.

—¿Sabe usted exactamente qué hora era?

—Estamos obligados a registrar todas las carreras y anotar la hora. Eran las tres y veintidós minutos.

—¿Dónde le pidieron que los llevase?

—Me pidieron que tomase la carretera de Nogales, y añadieron que ya me dirían dónde debía dejarlos.

—¿Cuánto tiempo tardaron en llegar al lugar donde se detuvieron?

—Diecinueve minutos.

—¿Oyó usted sobre qué hablaron en el coche?

—Sí.

—¿Quiénes hablaban?

—Esos dos de ahí.

Señaló a Van Fleet y al sargento O'Neil.

—¿Qué decían?

—Que no había razón para que su compañero siguiera con ellos y que era mejor que regresase a la base en el taxi.

—¿Dijeron por qué?

—No.

—¿Quién le pidió que se detuviese?

—O'Neil.

—¿Se fueron de allí inmediatamente? ¿No le dijeron en ningún momento que los esperase?

—No. Hablaron entre ellos unos instantes más. Trataron de convencer a su compañero de que regresase conmigo a la ciudad.

—¿Ya había amanecido?

—Todavía no.

—¿Qué respondió el compañero?

—No dijo nada. Simplemente bajó del coche.

—¿Quién pagó la carrera?

—Los dos. O'Neil no tenía bastante dinero y el otro le dio el resto.

—¿No le pareció raro que le pidiesen que los llevase al desierto?

—Un poco.

—¿Se encontró con algún coche durante el trayecto tanto de ida como de vuelta?

—No.

—¿Alguna pregunta, fiscal?

—Gracias. Quisiera hacerle una al cabo Wo Lee.

Este volvió a ocupar la silla de los testigos y le ajustaron de nuevo la altura del micrófono.

—¿Ha oído usted lo que acaba de decir el taxista? ¿Sabe por qué sus compañeros insistieron en que regresase usted a la base?

—No.

—¿Por qué razón no lo mencionó usted ayer?

—No me acordé.

También él mentía. Era el único que no había bebido y el único cuyas declaraciones parecían sinceras. Sin embargo, había ocultado a sabiendas que sus compañeros habían tratado de quitárselo de encima.

—¿Hay algún otro detalle que haya omitido al jurado?

—Creo que no.

—Ayer declaró usted que, cuando caminaban con la esperanza de encontrar a Bessy, iban ustedes tres separados. Usted permanecía a cierta distancia de los otros, avanzando paralelamente. ¿Cuál era su posición?

—Iba del lado de la carretera.

—¿No vio usted pasar ningún coche?

—No, señor.

—¿Cuál de sus compañeros estaba más cerca de usted?

—El cabo Van Fleet.

—¿De modo que el sargento O'Neil debía de caminar cerca de la vía?

—Creo que estaba al otro lado del terraplén.

—Muchas gracias.

El siguiente testigo era un oficial de la patrulla de carreteras, alto y fuerte, espléndido en su uniforme.

Había sido el fiscal quien le había citado y quien ahora lo interrogaba.

—¿Dónde se encontraba usted el veintisiete de julio entre las tres y las cuatro de la madrugada?

—Empecé mi servicio a las tres, en Nogales, y me dirigí a poca velocidad en dirección a Tucson. Antes de llegar al poblado de Tumacacori, me crucé con un camión con matrícula equis treinta y dos treinta y tres, que regresaba vacío de California y que pertenece a una empresa de Nogales. Me metí durante unos minutos en un camino lateral para vigilar la carretera, como ordena el reglamento.

—¿Dónde estaba usted a las cuatro de la madrugada?

—Estaba llegando a la altura del aeródromo de Tucson.

—¿Se cruzó con algún otro coche?

—No. Cuando nos encontramos con coches por la noche tenemos la costumbre de memorizar la matrícula, para poder confrontarlas con las de los coches robados que nos transmiten. Solemos hacerlo de manera automática.

—¿Vio usted a alguien en el lateral de la carretera?

—No. Si hubiera visto a alguien a esas horas, me habría detenido para preguntarle si necesitaba algo.

—¿Vio u oyó usted algún tren?

—No, señor.

—Muchas gracias.

Así, a pesar de las afirmaciones de Ward, a aquella hora, su Chevrolet no se encontraba al borde de la carretera, con los dos hombres dormidos en su interior.

—Que suba al estrado el cabo Van Fleet.

El fiscal parecía de pronto haber despertado y tomar las riendas del interrogatorio, mientras O'Rourke seguía inclinándose sobre él hablándole en voz baja.

Tal vez Maigret se había equivocado y tuviesen la intención de ir hasta el fondo de la investigación, pero siguiendo sus propios métodos.

—¿Sostiene usted que, cuando el coche de su compañero se detuvo por primera vez, el sargento Ward y Bessy se alejaron juntos del coche?

—Sí, señor.

A Pinky se le veía aún más nervioso que el día anterior. Sin embargo, daba la impresión de esforzarse por permanecer fiel a su juramento de decir la verdad, y, al igual que antes, reflexionaba un rato después de cada pregunta.

—¿Qué pasó después?

—El coche dio media vuelta y Bessy dijo que quería hablar a solas con Ward.

—De manera que se detuvieron ustedes por segunda vez. Haga el favor de mirar la pizarra. ¿Fue más o menos en el sitio marcado con una cruz donde se detuvieron por segunda vez?

—Sí, más o menos. Eso creo.

—¿Nadie más salió del coche, a excepción de Ward y Bessy?

—Nadie.

—Y Ward regresó solo. ¿Al cabo de cuánto tiempo?

—Unos diez minutos.

—¿Fue entonces cuando dijo: «¡Que se vaya al diablo esa chica! ¡Así aprenderá!»?

—Sí, señor.

—¿Por qué trataron después O'Neil y usted de deshacerse de Wo Lee?

—No hicimos tal cosa.

—¿No se habló de que regresase a la ciudad en el taxi?

—Él no había bebido.

—No lo entiendo. Intente ser más conciso. ¿Fue porque no había bebido por lo que querían que regresase a la ciudad?

—No bebe, no fuma. Es joven.

—Continúe.

—No queríamos causarle problemas.

—¿Qué quiere decir con eso? ¿Ya preveía usted en aquel momento que tendrían problemas?

—No lo sé.

—Mientras caminaban buscando a Bessy, ¿en algún momento gritaron ustedes su nombre?

—Creo que no.

—¿Porque creían que no estaba en condiciones de oírlos?

Esta vez el Flamenco, con el rostro muy colorado, permaneció inmóvil, sin contestar, con la mirada fija.

—¿Mientras caminaban, podía ver usted en todo momento a su compañero O'Neil?

—Él estaba del lado de la vía.

—Le he preguntado si podía verlo en todo momento

—En todo momento, no.

—¿Dejó de verlo durante mucho tiempo?

—Bastante. Dependía del terreno.

—¿Podría haberlo oído usted?

—Si hubiera gritado, sí.

—Pero ¿no oía sus pasos? ¿No podía saber si se detenía o no? ¿Llegó usted a acercarse a la vía?

—Creo que sí. No caminábamos necesariamente en línea recta. A veces, debíamos rodear matorrales y cactus.

—¿El cabo Wo Lee también se acercó a la vía?

—Yo no lo vi.

—¿Cuál de los tres decidió dar media vuelta cuando caminaban en dirección a Nogales?

—O'Neil nos dijo que Bessy no podía haberse ido mucho más lejos que eso. Le pedimos a Wo Lee que fuese por la carretera.

—¿O'Neil y usted se separaron?

—Sí, un poco más adelante, en el desierto.

—¿O'Neil y usted hablaron de Bessy mientras estuvieron juntos después de separarse de Wo Lee?

—No hablamos de nada.

—¿Seguían borrachos?

—Algo menos.

—¿Podría indicarme en la pizarra el lugar donde hicieron autostop?

—No lo sé exactamente. Debió de ser por aquí.

—Muchas gracias. ¡Que suba ahora al estrado el sargento O'Neil!

En dos o tres ocasiones, Maigret había tenido la sensación de que lo observaban. Era Mitchell, quien deseaba ver sus reacciones.

—¿No quiere usted cambiar nada de su declaración de ayer?

—No, señor.

¿También este habría nacido en un ambiente donde reinaba la miseria? No daba esa impresión. Parecía haber pasado su infancia en alguna granja del centro del país, con padres trabajadores y austeros. En el colegio, debía de ser el mejor alumno.

—¿Por qué razón quiso usted deshacerse de Wo Lee?

—No quise deshacerme de él. Simplemente pensé que estaría cansado y que era mejor que regresase a la base. No tiene muy buena salud.

—¿Le pidió usted que caminase a lo largo de la carretera?

—No me acuerdo.

—Cuando recorría usted la vía buscando a Bessy, ¿gritó usted el nombre de la chica?

—No me acuerdo.

—¿Se detuvo usted para satisfacer alguna necesidad?

—Creo que sí.

—¿En la vía?

—No sé exactamente dónde.

—Muchas gracias. Señor juez, quizá deberíamos interrogar a Erna Bolton y a Maggie Wallach para que puedan irse, ya que están aquí desde ayer por la mañana.

La compañera de Mitchell no era ni bonita ni fea: pequeñita y con rasgos toscos. Para aquella ocasión, se había puesto un traje de seda oscuro y llevaba medias y joyas baratas. Se notaba que quería causar buena impresión y que se había arreglado lo mejor posible.

Cuando le preguntaron su profesión, respondió en voz muy baja:

—No trabajo, de momento.

Se esforzaba por no mirar a O'Rourke, quien parecía conocerla bien. ¿Habría tenido algo que ver con él?

—¿Compartía su apartamento con Bessy Mitchell?

—Sí, señor.

—El sargento Ward fue a verla varias veces. ¿Estaba usted presente?

—No siempre.

—¿Presenció alguna pelea entre ellos?

—Sí, señor.

—¿Cuál era el motivo?

Ahora que el fiscal se había interesado en el asunto, el juez se dedicaba a jugar con su sillón basculante, o bien permanecía mirando al techo, mientras chupaba el lápiz. A pesar de la refrigeración, hacía mucho calor. Ezequiel se había levantado para cerrar las persianas venecianas, por donde se colaban franjas de rayos de sol. Maigret, sentado delante de la mujer negra con el bebé, que seguía acompañada por toda una tribu, respiraba su aroma especiado.

Mitchell, con la mirada fija en su compañera, no parpadeaba, al igual que un águila.

—Ward le recriminaba a Bessy que ella se dejase seducir.

—¿Por quién?

—Por todo el mundo.

—¿Por el sargento Mullins, por ejemplo?

—No lo sé. Él nunca vino a casa. Lo vi por primera vez el veintisiete de julio en el Penguin Bar.

—¿El día veinticuatro o el veinticinco no se produjo una pelea más violenta que las otras?

—Fue el veinticuatro. Iba a salir y oí…

—Díganos exactamente lo que oyó.

—El sargento gritó: «¡Un día de estos te mataré y será lo mejor para todos!».

—¿Estaba borracho?

—Había bebido, pero no creo que estuviera borracho.

—¿No habló usted personalmente con Bessy la noche del veintisiete de julio?

—Sí, señor. En cierto momento la llamé aparte para decirle: «Deberías de tener cuidado con ese tipo».

—¿A quién se refería usted?

—A Mullins. Y añadí: «… Bill está furioso… Si sigues así, acabarán los peleándose…».

—¿Qué contestó ella?

—No me contestó. Siguió haciendo lo mismo.

—¿Haciendo qué?

—Hablando con Mullins.

Tal vez la palabra «hablar» no era la más adecuada en aquel caso…

—¿Quién propuso continuar la fiesta en casa del músico?

—Tony, el músico. Dijo que podíamos ir a su casa. Creo que fue Bessy quien se lo pidió.

—¿Ella estaba borracha?

—No mucho. Como siempre.

—¿Ninguna otra pregunta?

Era el turno de Maggie Wallach, que parecía una enorme muñeca llorona, con una cara redonda como la de un bebé y los ojos saltones. Era muy blanca de piel, y no parecía gozar de muy buena salud.

¿Era la amante del músico? Al igual que ocurría con Erna Bolton y Mitchell, no había evidencias para suponer que fuese así.

—¿Dónde conoció usted a Bessy Mitchell?

—Trabajábamos en el mismo *drive-in*, en la esquina de la Quinta Avenida.

—¿Desde cuándo?

—Desde hace dos meses más o menos.

Procedía de un barrio bajo de una gran ciudad, y de niña probablemente anduvo medio desnuda entre una chiquillería ruidosa e implacable.

—¿Estaba usted presente cuando Bessy conoció al sargento Ward?

—Sí, señor. Fue poco después de las doce de la noche. Llegó en coche y pidió perritos calientes.

—¿Con quién estaba?

—Creo que iba acompañado del sargento Mullins. Charlaron mucho rato. En un momento dado, Bessy me preguntó si quería reunirme con ellos más tarde y le contesté que no estaba libre. Cuando se fueron, Bessy quiso saber qué me parecía Ward, y me dijo que luego él volvería solo para buscarla.

—¿Regresó?

—Sí. Poco antes de cerrar. Salieron juntos.

—En casa del músico, la noche del veintisiete de julio, ¿vio usted a Ward entrar en la cocina y pegar a Bessy?

—No, señor. No le pegó. Yo estaba detrás de Ward cuando él entró en la cocina. Bessy estaba bebiendo, y él le arrancó la botella de las manos. Estuvo a punto de estrellarla contra el suelo, pero cambió de idea y la dejó sobre la mesa.

—¿Estaba furioso?

—No estaba contento, desde luego. No le gustaba que Bessy bebiera.

—Sin embargo, fue él quien la llevó al Penguin.

—Sí, señor.

—¿Por qué?

—Sin duda, porque no podía llevarla a otro sitio.

—¿Ward y el sargento Mullins discutieron en aquel momento? Me refiero a la escena que se produjo en la cocina.

—Entiendo. No le dijo nada. Lo miró con dureza, pero no le dijo nada.

¡El siguiente! Aquel día parecía que deseasen terminar pronto, y el juez hizo menos pausas de lo habitual.

El músico, Tony Lacour, era un tipo enclenque y de aspecto apocado. La forma de su rostro era tan peculiar que parecía que estuviera siempre llorando o a punto de hacerlo.

—¿Qué puede decirnos sobre lo que ocurrió la noche del veintisiete de julio?

—Pasé la velada con ellos en el Penguin Bar.

—¿No trabaja usted?

—De momento, no. Hace diez días que terminó mi contrato en el club Puerto Rico.

Maigret estaba pensando en qué instrumento tocaría, y en ese mismo momento el fiscal le hizo la misma pregunta, seguramente porque sentía idéntica curiosidad. Tocaba el acordeón. Maigret habría apostado que se trataba de ese instrumento.

—¿Salió usted fuera cuando Ward y Mitchell se pelearon en la calle? ¿Sabe usted por qué discutieron?

—Solo sé que se trataba de un asunto de dinero.

—¿Mitchell no le recriminó a Ward el hecho de mantener relaciones sexuales con su hermana, siendo un hombre casado?

—Delante de mí, no, señor. Más tarde, en mi apartamento, después del incidente de la botella, le dijo que Bessy solía beber a menudo y que era una pena, puesto que solo tenía diecisiete años y que en los bares decía que tenía veintitrés, si no le habrían servido alcohol.

—¿Fue usted el que propuso al grupo ir a su casa?

—Bessy me confesó que no le apetecía volver a casa, e inmediatamente los demás propusieron comprar alcohol.

—¿Le dio usted cigarrillos al sargento Ward?

—No lo creo.

—¿Vio usted si alguien le metió un paquete en el bolsillo?

—No, señor.

—¿Alguien, conocido suyo, fuma marihuana?

—No, señor.

—¿Qué hora era cuando se fueron de su casa?

—Alrededor de las dos y media.

—¿Qué hicieron Harold Mitchell y Erna Bolton?

—Se quedaron.

—¿Hasta la mañana siguiente?

—No. Una hora y media más.

—¿Hablaron del sargento Ward y de Bessy?

—Solo de Bessy. Harold dijo que su hermana le había dado por beber y que eso era terrible para ella, porque tenía un pulmón enfermo. Añadió que, de niña, había estado ingresada en un sanatorio.

—¿Mitchell y Erna se fueron en coche?

—No, señor. No tienen coche. Se fueron caminando.

—¿Serían alrededor de las cuatro de la mañana?

—Por lo menos. Empezaba a amanecer.

¡Se suspendía la vista! Maigret veía la mirada del hermano de Bessy fija en él, una mirada no dejaba de conmoverlo ligeramente.

La primera reacción de Mitchell al ver a Maigret había sido de fría desconfianza. Tal vez había respondido a las preguntas del comisario más por una cuestión de desafío, en el que se mezclaba algo de desprecio, que por esperanza.

Había estado observando a Maigret durante todo el tiempo del interrogatorio y en ese momento parecía decirse: «¿Quién sabe? Quizá no es como los otros. Es extranjero. Intenta comprender».

Su actitud no era, evidentemente, amistosa aún, pero ya no existía entre ellos aquella barrera infranqueable.

—No me había dicho usted que Bessy sufría de tuberculosis —murmuró Maigret cuando ambos se dirigían hacia la salida.

Harold se limitó a encogerse de hombros. ¿Tal vez también él sufría la misma enfermedad? No; porque en tal caso no lo habrían admitido en el ejército. Erna Bolton lo esperaba junto a una columna. No lo cogió del brazo, ni hablaron entre ellos. Simplemente ella lo seguía, dócil y humilde, y sus caderas se contoneaban como el trasero de una gallina clueca.

O'Rourke, la mirada animada, se dirigía junto al fiscal hacia el despacho de este, mientras los cinco hombres con uniforme carcelario esperaban a que el *deputy-sheriff* los llevara de nuevo a su celda.

¿La sesión de la tarde se celebraría en el piso de arriba o en el de abajo? Maigret no había oído las últimas palabras del juez. La mujer que formaba parte del jurado estaba comiéndose un sándwich cerca de la máquina de Coca-Cola; sin duda, se pondría a tejer sentada en un banco de la galería, mientras esperaba que se iniciase la vista.

—Abajo —contestó a la pregunta de Maigret.

Harry Cole lo esperaba sentado al volante de su coche. Detrás, había alguien con la invariable camisa blanca. El hombre fumaba un cigarrillo.

—*Hello*, Julius! ¿Aún no se han acabado los interrogatorios? Siéntese a mi lado. Vamos a comer algo. —Cuando hubo cerrado la portezuela añadió, como si presentase a su acompañante—: ¡Ernesto Esperanza! Comerá con nosotros, porque no tengo a nadie que pueda llevarlo a Phoenix antes de esta tarde, y no me gusta confiárselo a los *sheriffs* del condado. ¿Tienes hambre, Ernesto?

—Bastante, jefe.

—¡Aprovecha entonces! Es la última comida en un restaurante que podrás hacer durante diez o quince años. —Y con toda naturalidad le explicó a Maigret—: Por fin he podido atraparlo, y me ha costado lo mío. Ha tratado de liquidarme con un calibre cuarenta y dos. Abra la guantera. Encontrará el juguete.

El revólver estaba allí; una automática de gran tamaño que aún olía a pólvora. Maigret quitó como por un acto reflejo el cargador, del que faltaban dos balas.

—Por poco me da. ¿No es así, Ernesto?

—¡Sí, jefe!

—Si no me hubiese agachado a tiempo y no le hubiese puesto la zancadilla, la bala me habría alcanzado. Hace seis meses que intento echarle el guante, y él, por su parte, ha hecho lo posible por esquivarme. ¿Cómo va eso, Ernesto? ¿Te duelen las costillas?

—No mucho…

Para los habituales de la cafetería, donde comieron chuletas de cordero y tarta de manzana, aquellos tres eran tan solo unos clientes más. La foto del mexicano aparecería al día siguiente en los periódicos con grandes titulares, anunciando que uno de los mayores traficantes de estupefacientes había sido detenido.

—¿Qué ha sido de sus cinco soldaditos de las Fuerzas Aéreas? —preguntó Harry Cole, limpiándose la boca con una servilleta de papel—. ¿Ya ha descubierto usted al malo que puso a la pequeña Bessy sobre la vía?

Maigret no refunfuñó. Aquella mañana estaba de buen humor.

6

El desfile de colegas

Aquello estaba volviéndose cada vez más íntimo. Por la mañana, y sobre todo después de la comida de mediodía, que algunos tomaban en el patio o en la plaza vecina, unos y otros se reencontraban con agrado. Se intercambiaban leves saludos. Se sabía en qué lugar tomarían asiento los asiduos, y los cinco soldados no los miraban como a intrusos.

La intimidad era aún mayor en la sala de abajo, donde los miembros del jurado se sentaban en uno de los bancos destinados al público al lado de los curiosos y donde, en caso necesario, se añadían sillas. El juez fruncía invariablemente las cejas al mirar el enorme y ruidoso ventilador. El aparato distribuidor de agua helada estaba al lado de Maigret, de manera que todo el mundo, en algún momento, pasaba junto a él.

Una vez, Maigret, al ir a sentarse, acarició al bebé de la mujer negra, y, desde ese momento, esta le reservaba su sitio y le dirigía amplias sonrisas.

En cuanto a Ezequiel, esperaba a que se iniciara la sesión para gastarle a algún recién llegado la broma del puro o del cigarrillo. Parecía rudo, pero tenía un alma de muchacho travieso.

De pronto, se levantaba, con el bigote tembloroso, el brazo extendido, y sin la menor consideración por los magistrados a quienes interrumpía, gritaba:

—¡Eh! ¡Usted!

La sala entera se echaba a reír y se volvía para ver quién había caído en la trampa.

—¡Apague su cigarrillo!

Y, satisfecho, dirigía un guiño a la concurrencia. Su éxito fue aún mayor la vez que había pillado en falta al propio fiscal, quien, al regresar a la sala tras una pausa de la vista, se olvidó de que estaba fumando.

—¡Eh! ¡Señor fiscal…!

A Maigret le costaba creer que la vista terminase aquel día y que, al cabo de unas pocas horas, los cinco hombres y la mujer del jurado decidirían si la muerte de Bessy había sido accidental o no.

Si decidían que había sido un accidente, el juicio finalizaría. Si, por el contrario, decidían que la muerte se había debido a actos criminales de una o varias personas, Mike O'Rourke y sus hombres dispondrían del tiempo suficiente para preparar el juicio definitivo.

Resultaba curioso. Durante el almuerzo, Maigret había hecho un pequeño descubrimiento que le había resultado divertido y que, además, le había causado cierta satisfacción, sobre todo porque era una especie de venganza contra Harry Cole. Su actitud no era la misma que los días anteriores. Se había pavoneado como si hubiesen estado acompañados de una mujer bonita, y el comisario enseguida se dio cuenta de que se debía a la presencia de Ernesto, el traficante de estupefacientes. En el fondo, Cole sentía hacia él un respeto involuntario, prácticamente admiración, que allí se profesa por aquellos que tienen éxito, lo mismo daba que se tratase de un millonario, de una estrella de cine o de un famoso asesino.

El mexicano había pasado de una sola vez drogas por valor de veinte mil dólares, y antes ya había hecho otras expediciones de ese tipo; poseía más allá de la frontera, en montañas a las que solo podía llegarse en avión, plantaciones de marihuana propias.

En el fondo, si durante el juicio no se había mostrado más interés por los cinco soldados de las Fuerzas Aéreas, había sido porque, aun cuando uno de ellos hubiera matado a Bessy, no era un criminal de gran relevancia.

Si se hubiera enfrentado a la policía con una metralleta en mano, por lo que se habría movilizado a todos los agentes disponibles, o si se hubiese empleado gases para reducirlo, o si hubiese atracado diez bancos o asesinado a varias familias de poderosos rancheros, en ese momento, en los pasillos, e incluso en la calle, habría habido una multitud esperando el veredicto.

¿Acaso aquello no explicaba cómo funcionaban las cosas en ese país? Se trataba de alcanzar el éxito en lo que se emprendiese, fuera lo que fuese.

Mitchell debía de ser respetado en el reducido círculo en el que se movía, porque era fuerte, mientras que Van Fleet, con su rostro de querubín y su cabello ondulado, nunca sería nadie. Por eso mismo lo habían apodado Pinky. ¡El Rosa! En Francia, lo habrían llamado el Pelirrojo o el Rizado.

Phil Atwater, un *deputy-sheriff*, ocupaba la silla de los testigos. Había sido el primero en llegar al lugar de los hechos y con quien el inspector de la Southern Pacific se había encontrado al bajar del coche.

No llevaba ninguna placa en la camisa. Era un tipo vulgar, de mediana edad y con el aspecto malhumorado de esos que digieren mal la comida o que siempre tienen a alguien enfermo en casa.

—Me encontraba en el despacho del *sheriff* cuando, un poco antes de las cinco de la mañana, recibimos el aviso por teléfono. Cogí un coche y llegué a las cinco y siete minutos al lugar del accidente.

La palabra no le gustó nada a Maigret, y lo que siguió le demostró que no se equivocaba. Atwater, a pesar de ser policía, era de esos tipos a quienes les horroriza aquello que se sale de lo cotidiano.

—La ambulancia llegó casi al mismo tiempo que yo. Solo estaban allí los empleados del tren, que se encontraban al borde de la carretera, y un coche que había llegado unos minutos antes. Dejé de guardia a uno de los hombres que había llevado conmigo para que impidiese a los posibles curiosos acercarse a la vía. Descubrí enseguida las huellas de un coche que había aparcado en aquel lugar. Las rodeé con una línea de tiza y, en la zona de suelo arenoso, clavé unas estacas de madera.

Era el típico funcionario concienzudo y que parecía desafiar al mundo y a que lo pescaran cometiendo un error.

—¿No se ocupó usted del cuerpo?

—¡Perdón! También me ocupé de él. Incluso recogí varios pedazos del cuerpo y un brazo con una mano entera.

Hablaba con un tono condescendiente, como si se tratase de algo rutinario. Después se hurgó en los bolsillos y sacó un pedazo de papel.

—Estos son algunos cabellos. No he tenido tiempo de analizarlos, pero a primera vista se parecen a los de Bessy.

—¿Dónde los recogió usted?

—Cerca del lugar donde se produjo el impacto. El cuerpo fue arrastrado unos veinticinco metros.

—¿Encontró usted huellas de pasos?

—Sí, señor. Coloqué pequeñas estacas de madera a fin de protegerlas.

—Díganos qué tipo de huellas encontró.

—Huellas de mujer; las he comprobado con los zapatos de Bessy y coinciden.

—¿No había huellas masculinas cerca de las de Bessy?

—No, señor. En todo caso no las había entre la carretera y la vía.

—Sin embargo, cuando un poco más tarde acompañó usted al señor Hansen, al inspector de la compañía, este asegura haber visto huellas de hombre.

—Probablemente las mías.

No le gustaba que lo contradijesen y parecía no simpatizar con el agente de la Southern Pacific.

—¿Quiere usted indicarnos sobre la pizarra el recorrido aproximado de esos pasos?

Miró el dibujo que habían hecho antes y, cogiendo el trapo, lo borró todo. Después dibujó de nuevo la vía, la carretera, hizo una cruz en el punto en que se había descubierto el cuerpo y otra en el que fue arrollado por el tren.

Pero se equivocó al situar el norte en el sur. Su dibujo zigzagueante no coincidía con el de Hansen. Según él, Bessy habría dado muchas menos vueltas y se habría detenido una sola vez para cambiar de dirección.

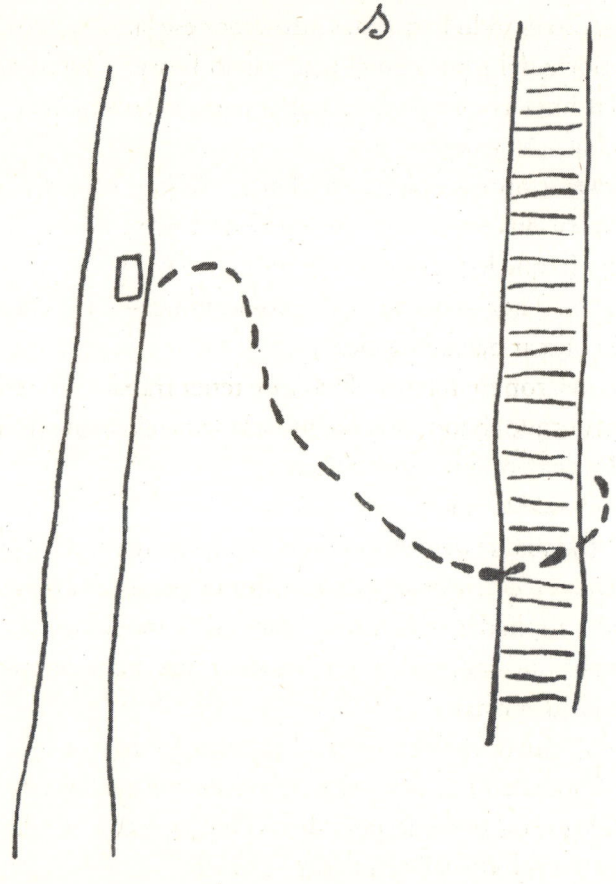

CROQUIS DE ATWATER.

¿Qué pensaban los miembros del jurado sobre aquellas contradicciones? Escuchaban y miraban con una atención sostenida, y se les notaba deseosos de comprender y de cumplir a conciencia con su cometido.

—¿Eso es todo lo que descubrió por ese lado, quiero decir al norte del punto en el que murió Bessy? ¿Buscó también las huellas que pudiera haber hacia el sur, es decir, en dirección a Nogales?

Atwater miró su plano en silencio, y, como el norte y el sur estaban invertidos, permaneció un buen rato sin comprender lo que le preguntaba el juez.

—No, señor —declaró tras unos instantes—. No creí necesario buscar hacia Nogales.

Lo dejaron marcharse. Debía de tener trabajo en su despacho, porque abandonó enseguida la sala, rebosante de dignidad y de confianza en sí mismo.

—Gerald Conley.

Se trataba de otro *deputy-sheriff*, aquel que tenía tantos cartuchos en el cinturón y un revólver tan bonito con cachas de cuerno talladas. Era muy gordo y de cara coloreada. Se adivinaba que era popular en Tucson y que dicha popularidad no le disgustaba.

—¿A qué hora llegó usted al lugar de los hechos?

—Estaba en mi casa y no me avisaron hasta las cinco y diez. Llegué un poco después de las cinco y media, sin haber tenido tiempo de beber una taza de café.

—¿A quiénes encontró allí?

—Phil Atwater estaba con por un inspector de la compañía. Otro *deputy-sheriff* se hallaba encargado de mantener el orden porque se habían detenido varios coches. Vi la pista jalonada por pequeñas estacas de madera y la seguí de un extremo al otro.

—¿Se superponían en algún punto unas huellas de mujer con las de un hombre?

—Sí, señor.

—¿A qué distancia de la carretera más o menos?

—A unos quince metros. En ese punto, las huellas indicaban claramente que se habían detenido dos personas durante bastante tiempo, como si se hubiese producido una discusión.

—¿Más adelante las huellas divergían?

—Mi impresión es que la mujer siguió caminado sola. Anduvo zigzagueando. Las huellas de hombre que se encuentran más adelante no son las mismas que las primeras.

Maigret empezó a sufrir de nuevo. Le entraban otra vez ganas de levantarse para formular algunas preguntas concretas.

Que se contradijesen los cinco muchachos de aviación era bastante natural. Eran como cinco colegiales que se encontraban en una situación problemática, de la que, cada uno por su cuenta, trataba de librarse.

Además, habían empezado a beber a las siete y media de la tarde y estaban todos borrachos, excepto el chino.

Pero ¿y la policía?

Podría pensarse que los *deputy-sheriff* estaban ajustando cuentas personales entre ellos, y. sin embargo, aquello no parecía inquietar a O'Rourke. Seguía sentado al lado del fiscal, sobre el que se inclinaba de vez en cuando para hacerle algún comentario, y sonreía para sí mismo.

—¿Qué hizo usted después?

—Me dirigí al sur.

Se le veía contento de enviar aquel directo a su colega que acababa de salir.

—Una persona descargó la vejiga cerca de la vía.

A Maigret le habría gustado preguntar: «¿Un hombre o una mujer?».

Porque, en definitiva, por trivial que aquello pareciese, un hombre de pie y una mujer en cuclillas no dejan las mismas huellas al orinar, sobre todo en terreno arenoso.

Todo el asunto se centraba en eso, y nadie parecía darse cuenta. Tampoco nadie había preguntado al médico si Bessy había mantenido relaciones sexuales aquella noche. Nadie había examinado la ropa interior de los cinco muchachos y se contentaban con preguntarles el color de la camisa que llevaban…

Por las huellas que salían del coche, era Ward quien resultaba el más sospechoso de todos, siempre y cuando al menos sus huellas se superpusieran en algún punto y que, como dijo en su declaración el hombre de la Southern Pacific, esas huellas siguieran hasta la vía.

La declaración de Atwater exculpaba casi del todo a Ward, a menos que el crimen se hubiera cometido durante el segundo viaje que hizo.

Con la declaración de Conley, el *sheriff* del revólver grande, la secuencia de los hechos cambiaba de nuevo. Ward solo habría seguido a Bessy unos quince metros. Pero entonces ¿por qué el sargento pretendía que no había ido tras ella?

Conley prosiguió:

—Es imposible distinguir huella alguna en la vía porque es pedregosa, y tampoco en los alrededores más inmediatos, donde el suelo es más duro que en el desierto. Pero caminando hacia el sur y torciendo a la derecha…

—¿Hacia la carretera entonces?

—Sí, señor. Torciendo a la derecha, digo, he descubierto otras huellas.

—¿De qué dirección provenían?

—De la carretera, más al sur.

—¿En diagonal?

—Casi perpendiculares.

—¿Huellas de hombre?

—Sí, señor. He colocado marcas. La longitud de las huellas corresponde, según creo, a un hombre de talla mediana.

—¿Adónde le condujeron esas huellas?

—A unos cincuenta metros de donde el coche se detuvo la vez primera.

Nada impedía ahora que Ward hubiera dicho la verdad y que Bessy se hubiese alejado en compañía de Mullins y no hubiera vuelto a aparecer.

El fiscal debía de seguir el mismo razonamiento que Maigret, porque preguntó:

—¿No descubrió usted huellas de mujer en ese lado?

—No, señor.

Aquello resultaba cada vez más confuso.

—¿Las huellas se pierden al llegar a la vía del ferrocarril?

—Sí, señor. Debieron de continuar caminado sobre el terraplén, donde, como ya he dicho, no pueden apreciarse las huellas.

La sesión se suspendió.

En la galería, O'Rourke pasó en un par de ocasiones cerca de Maigret y esas dos veces lo miró con una sonrisa extraña. Debía de haber alguna bebida en el despacho en el que entraba cada vez que se producía en una pausa, porque después su aliento olía a alcohol.

¿Le había dicho Cole a O'Rourke quién era el espectador gordo y apasionado? ¿Le divertía ver a su colega tan perdido?

El miembro del jurado con la pata de palo pidió fuego al comisario.

—El asunto se complica, ¿verdad? —masculló Maigret.

¿Empleó una palabra incorrecta y el otro no lo entendió? ¿O acaso el hombre se tomaba al pie de la letra el no hablar del caso antes del veredicto? Lo cierto es que se limitó a sonreírle y fue a colocarse delante del césped que unos regadores de boquilla giratoria rociaban.

Maigret se arrepentía de no haber tomado notas. Le interesaban menos las contradicciones de los policías que las de los cinco hombres que, en cada vista, parecían estar más distanciados unos de otros.

—¡Hans Schmider!

No se sabía de antemano sobre qué iba a declarar cada testigo, y se convertía en un juego adivinar su profesión. Ese testigo era un tipo gordo, o, más exactamente, tenía un vientre prominente que ensanchaba su camisa como un bolsillo hueco, por encima del cinturón, que estaba muy apretado. Sus pantalones ajustados no le llegaban al ombligo, de modo que parecía tener las piernas muy cortas y un torso desmesurado.

Lleva el pelo largo y completamente revuelto. Su camisa no se veía demasiado limpia. Tenía vello en los brazos y en el pecho.

—¿Pertenece usted al despacho del *sheriff*?

—Sí, señor.

Por su voz fuerte y su aire desenvuelto, casi familiar, se adivinaba que era un asiduo a ese tipo de vistas.

—¿A qué hora le comunicaron lo ocurrido?

—Hacia las seis de la mañana. Estaba durmiendo.

—¿Se dirigió usted inmediatamente al lugar de los hechos?

—No de inmediato, ya que tuve que pasar por mi despacho a recoger el material.

Estaba tan a gusto recostado en la silla, con la barriga echada hacia delante que sin darse cuenta sacó los cigarrillos del bolsillo. Pero Ezequiel protestó enseguida.

—Díganos lo que vio.

Schmider se levantó y se dirigió hacia la pizarra y, con las manos en los bolsillos, examinó con ojo crítico el dibujo que había y lo borró. Tuvo que inclinarse para recoger del suelo el trozo de tiza y su pantalón se estiró de tal modo que pareció que iba a reventar. Anotó en primer lugar el norte, sur, este y oeste, luego dibujó la vía del tren, la carretera, y después una línea de puntos que, zigzagueando, iba de esta a aquella.

Por último, al lado de la carretera, dos rectángulos.

—Aquí, en el punto A, vi las huellas del coche que llamaremos coche número uno.

Bajó del estrado para coger un paquete bastante voluminoso que estaba sobre una mesa y sacó un primer trozo de yeso.

—Esta es la huella del neumático delantero izquierdo, un Dunlop bastante gastado.

Por iniciativa propia, pasó el objeto, como si fuese un pastel, bajo las narices de los miembros del jurado y lo hizo de nuevo con otros tres moldes.

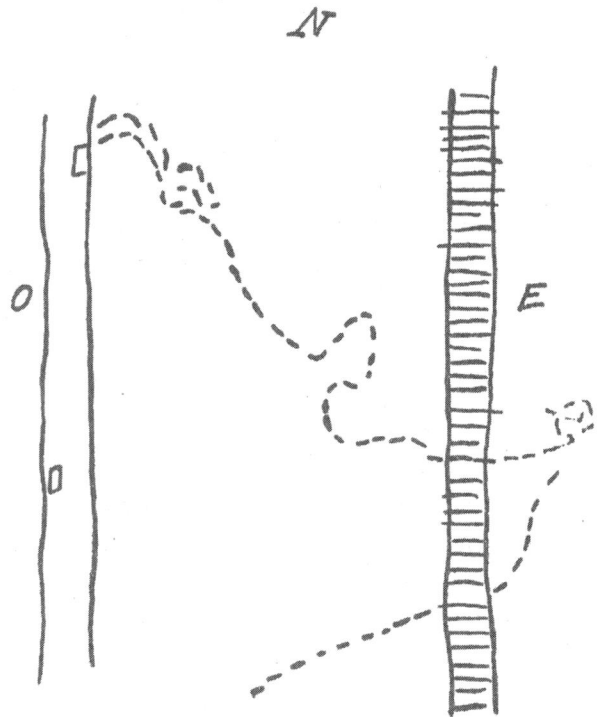

—¿Ha comparado usted esas huellas con las ruedas del coche de Ward?

—Sí, señor. Son idénticas. No hay ninguna duda sobre este punto. Estas de aquí son las huellas del coche número dos. Son neumáticos casi nuevos comprados a crédito. Hemos ido a las tiendas que venden esta marca, pero creo que aún no hemos obtenido ningún resultado.

En la brigada del *sheriff*, Schmider era el técnico, el hombre de laboratorio, y mostraba una seguridad absoluta; la idea de una posible contradicción no le entraba en la cabeza.

—¿Encontró usted otras huellas en la carretera?

—Cuando llegué había muchos coches, entre otros, la ambulancia y los de la policía. Solo he tomado moldes de las huellas que me indicaron y que eran particularmente claras.

—¿Quién se las enseñó?

Se volvió hacia la mesa del fiscal y señaló a O'Rourke.

—¿Ha hecho usted otros moldes?

Regresó hacia su caja de cartón, que era como un tonel de las danaides; todo el mundo esperaba con impaciencia y esperanza, pues creían que de aquella caja saldría la verdad.

Cuando vieron a Schmider sacar la huella de un zapato, los cinco soldados miraron los suyos al mismo tiempo.

—Este es un molde tomado a unos quince metros de la carretera. Se trata de un pie de hombre. El zapato estaba bastante usado y tenía tacones de goma. Y este otro es el molde de un zapato de mujer que estaba junto al anterior. Como pueden observar, corresponden exactamente con el calzado que llevaba Bessy Mitchell.

Con la otra mano sostenía un zapato oscuro, rojizo, sencillo, corriente; un mocasín, de tacón casi plano, muy usado. Mostró las dos piezas, a modo de prueba, a los miembros del jurado. Y poco le faltó para pasarlas entre las filas del público.

—¿Ha realizado usted alguna investigación en cuanto a los zapatos de hombre?

—Sí, señor. He comparado las huellas con las de los *sheriffs* que estuvieron allí.

—¿Corresponden a alguno?

—No, señor. El sargento Ward, como he podido comprobar, llevaba botas de vaquero de tacón alto. Wo Lee, O'Neil y Van Fleet tienen los pies más pequeños.

La gente esperaba impaciente. Él lo sabía y alargaba el placer que aquello le producía.

—El número del zapato corresponde aproximadamente con el del sargento Mullins, pero los zapatos que este me ha enseñado no tienen tacones de goma.

En la fila de los soldados se oyó un suspiro, como de alivio, pero Maigret no pudo saber cuál de ellos lo había emitido.

Schmider, que había alineado cuidadosamente sus moldes sobre la mesa, metió de nuevo la mano en la caja y, esta vez, sacó un bolso de cuero blanco.

—Este es el bolso que se encontró a algunos pasos de la vía, enterrado parcialmente en arena.

—¿Alguien ha identificado el bolso?

—No, señor.

—¡Sargento Mitchell!

Este se adelantó. Le tendieron el objeto. Abrió el bolso y sacó una especie de monedero de seda roja que contenía algunas monedas.

—¿Es el bolso de su hermana?

—No estoy seguro, pero reconozco este monedero que le dio Erna.

Esta, desde las filas del público, intervino para afirmar:

—Es su bolso. Lo compramos juntas en un saldo hace un mes.

Hubo algunas risas. A medida que la vista avanzaba, la gente se sentía cada vez más a gusto, y poco faltaba para que se interpelasen unos a otros como en un circo.

—Hay un pañuelo, dos llaves, un lápiz de labios y una polvera.

—¿Hay más dinero aparte de las monedas?

—No, señor.

Erna volvió a intervenir sin que le preguntasen:

—Recuerdo que ella había olvidado su cartera.

Ningún papel. Ningún documento de identidad. Aquello le recordó a Maigret una pregunta que ya se había planteado.

Se había encontrado en la vía un cuerpo de mujer bastante destrozado. Sin embargo, pocas horas más tarde, antes de que los periódicos publicasen la noticia, los agentes del *sheriff* anunciaron a Mitchell que su hermana había muerto.

¿Quién la había identificado? ¿Cómo?

Maigret miraba a O'Rourke con desagrado. Era la primera vez que asistía a una vista como simple espectador, sin saber qué ocurría entre bastidores, y eso le molestaba sobremanera, pues era consciente de que le ocultaban muchos detalles del caso.

¿Acaso, en alguna ocasión, no había hecho él lo mismo en París? ¿Cuántas veces había ocultado lo que sabía sobre algún caso, incluso al juez de instrucción, para poder trabajar con mayor libertad o para evitar una acción intempestiva por parte de otros?

¿O'Rourke sacaría al menos partido de esas ventajas?

¿Querría realmente descubrir la verdad y hacerla pública?

Había momentos en que Maigret lo dudaba, y otros en que pensaba que su colega, que conocía su oficio, haría lo necesario llegado el momento.

En la caja de Schmider quedaba una última pieza como prueba y, por fin, la sacó. Era otro molde, una huella de otro zapato.

—Esta muestra se ha extraído un poco más al sur del lugar en que murió Bessy.

Dicho de otra manera: se trataba de la pista de la que únicamente había hablado Gerald Conley.

—Es un cuarenta y uno, es decir, un tamaño mediano, más bien de un pie pequeño. El cabo Wo Lee usa el número cuarenta. El sargento O'Neil y el cabo Van Fleet usan un cuarenta y uno o un cuarenta y dos. Los zapatos que me han enseñado no tenían las mismas señales de desgaste.

Una vez más, Maigret estuvo a punto de levantarse para pedir la palabra, olvidando que no estaba en sus dominios.

El reloj, encima de la puerta que estaba abierta y en cuyo umbral se amontonaban los curiosos, señalaba las cuatro y media. Los dos días anteriores se había suspendido la vista alrededor de las cinco.

En dos ocasiones, habían llevado documentos para que los firmase el juez, quien los firmaba sin interrumpir los interrogatorios.

—¿Ninguna otra pregunta, señores del jurado?

Fue el negro quien preguntó:

—¿El testigo no vio las huellas del taxi?

—No me lo pidieron.

—¿No sabe nada acerca del tercer coche, el que llevó a los soldados a la base?

—Cuando yo llegué al lugar de los hechos, ya había varios coches y, mientras trabajaba, llegaron otros.

El juez miró el reloj.

—Señores, solo nos queda escuchar el testimonio del *chief deputy-sheriff* antes de que pasen a deliberar. Me pregunto si lo mejor no sería acabar ya con esta vista.

O'Rourke levantó la mano.

—¿Me permite decir dos palabras? Mi declaración no será demasiado larga, pero es posible que, si esperamos a mañana por la mañana, se presente un nuevo testigo a quien sería interesante escuchar.

Maigret respiró, y lo hizo tan fuerte, manifestando tanto alivio, que dos de sus vecinos de banco se volvieron hacia él. Temía que los miembros del jurado fuesen a deliberar a partir de unos datos tan heterogéneos y contradictorios.

Sobre todo, le parecía inverosímil que concluyesen aquel caso sin ahondar más en el asunto del tercer coche, al que el negro acababa de referirse; el coche que había devuelto a los tres soldados a la base, y que, al parecer, no habían localizado.

¿Se trataba del coche con los neumáticos comprados a crédito? ¿Por qué el fiscal había preguntado a los testigos, al menos en dos ocasiones, si la carrocería se hallaba en buen estado o si habían advertido señales de algún accidente?

El juez miró con expresión interrogante a los miembros del jurado, y estos, salvo la mujer, movieron afirmativamente la cabeza con impaciencia.

Así, durante un día más, serían algo más que ciudadanos corrientes. Y esa sensación de importancia incluso se acrecentó cuando un fotógrafo se arrodilló ante ellos y un resplandor iluminó la sala.

—Mañana, en la sala segunda, a las nueve y media.

Maigret debió de salir en la foto, porque solo le separaban dos personas del primer miembro del jurado.

Desde hacía una hora aproximadamente tenía ganas de trabajar con papel y lápiz, cosa que le ocurría rara vez. Necesitaba analizar la situación y le parecía que en poco tiempo podría eliminar la mayoría de las hipótesis.

—No les han preguntado a los otros empleados del tren —dijo una voz a sus espaldas.

Era Mitchell, al parecer de bastante mal humor.

—El maquinista, que estaba en el lado izquierdo de la locomotora, solo podía ver ese lado de la vía, donde aparecieron las piernas de mi hermana. Su ayudante, que se encontraba en el lado derecho, solo podía ver la parte superior del cuerpo. He pedido de nuevo que se le haga comparecer.

—¿Qué le han contestado?

—Que lo harían si lo consideraban necesario.

—¿Cómo reconocieron a su hermana?

Esta vez Mitchell lo miró asombrado, y Maigret debió de perder parte de su prestigio a sus ojos por aquella simple pregunta, puesto que Mitchell se limitó a encogerse de hombros y entonces el gentío los separó.

El comisario lo entendió enseguida. ¿No era evidente que una chica como Bessy Mitchell ya habría tenido problemas con la policía? En la ciudad debía de haber docenas de mujeres de ese tipo, tal vez menos, y sin duda, se las vigilaba.

Aquello le recordó de repente a esos hombres que se pasaban las tardes en los bares mirando con ojos melancólicos los calendarios más o menos eróticos. Le recordaba también los coches que había visto parados en la oscuridad y en los que se adivinaban a las parejas que contenían la respiración.

Harry Cole no le había pedido que quedasen, pero Maigret estaba seguro de que pronto se encontrarían. Era una manera de impresionarlo, un modo de decirle: «Le dejo que vaya de un lado a otro, pero, como ve, siempre sé dónde encontrarlo».

Por espíritu de contradicción, Maigret entró en un bar en vez de regresar al hotel y las primeras palabras que oyó fueron:

—*Hello*, Julius.

Era Cole y, junto a él, estaba Mike O'Rourke sentado, ante una cerveza.

—¿Se conocen ustedes? ¿Todavía no? El comisario Maigret, un famoso policía francés. Mike O'Rourke, el más astuto de los *deputy-sheriffs* de Arizona.

¿Por qué siempre le parecía que aquella gente se burlaba de él?

—¿Una cerveza, Julius? Mike me ha dicho que ha asistido usted a todas las vistas, mostrando cada vez un mayor interés, por lo que debe de usted haberse formado una opinión al respecto. Lo he invitado a cenar con nosotros. Supongo que no le molestará.

—En absoluto. Estoy encantado.

No era cierto. Habría preferido verlo al día siguiente, después de haber llegado a una conclusión. Ahora se sentía aún más torpe, porque los otros dos parecían estar de un humor excelente, como si supiesen algo, pero no quisieran compartirlo.

—Estoy seguro —dijo O'Rourke secándose los labios con una servilleta— de que al comisario Maigret le parecen rudimentarios e ingenuos nuestros métodos de investigación.

A modo de contraataque, Maigret preguntó:

—¿Consiguió usted alguna información interesante de la camarera del Penguin Bar?

—Es una chica guapa, ¿verdad? Tiene sangre irlandesa, como yo, y ya sabe usted que los irlandeses se entienden muy bien entre ellos.

—¿Estaba en el Penguin la noche del veintisiete?

—Era su día de descanso. Conocía muy bien a Bessy, y a Erna Bolton y a varios muchachos.

—¿También a Mullins?

—No lo creo. No me ha hablado de él.

—¿Y de Wo Lee?

—Tampoco.

Quedaban el cabo Van Fleet y el sargento O'Neil. Este era también de origen irlandés, como el *chief deputy-sheriff*.

—¿Ha dado usted con el tercer coche?

—Todavía no. Espero dar con él antes de mañana por la mañana.

—Hay muchas cosas que no acabo de entender.

—Sin duda. En mi caso, habría muchas más que yo no entendería, si llevase una investigación en París.

—En mi país, la auténtica investigación no tiene lugar en público.

O'Rourke le dirigió una mirada divertida.

—Aquí tampoco.

—Lo sospechaba. Eso no impide que cada uno de sus hombres declare lo que se le antoje.

—Esa es otra historia. No olvide que todo el mundo declara bajo juramento y que en Estados Unidos el juramento es una cosa muy seria. Quizás habrá usted notado, sin embargo, que solo contestan a las preguntas que se les hacen.

—Lo que he notado sobre todo es que hay preguntas que no se les hacen.

Mike O'Rourke le palmeó la espalda.

—*Ok!* ¡Lo ha entendido! Cuando hayamos cenado, podrá usted formularme todas las preguntas que desee.

—¿Y me responderá usted?

—Probablemente, pues no lo haré bajo juramento…

7

Las preguntas del comisario

No era Harry Cole, sino O'Rourke quien parecía el anfitrión. En vez de llevar a sus invitados a un restaurante, los condujo a un club privado del centro de la ciudad.

El local era nuevo, con un ambiente muy alegre, de una modernidad sorprendente. El bar era probablemente el mejor abastecido que había visto hasta el momento Maigret, y, mientras tomaban el aperitivo, contó cuarenta y dos marcas de whisky, además de siete u ocho de coñac francés y un pernod auténtico que no podía encontrarse en París desde 1914.

Frente al bar, relucientes y listas para ser utilizadas, estaban alineadas las máquinas tragaperras con sus series habituales de ciruelas, cerezas y albaricoques. Cuando el comisario se acercó por inercia a ellas para meter una moneda de cinco centavos, las miró más de cerca y se dio cuenta de que en algunas había que introducir un dólar de plata, en otras, cincuenta centavos y, por último, en unas cuantas más, veinticinco centavos.

—Creí que estas máquinas estaban prohibidas —indicó Maigret—. Precisamente el día de mi llegada leí en el periódico de Tucson que el *sheriff* había confiscado algunas.

—En lugares públicos, sí.

—¿Y aquí?

—Estamos en un club privado

O'Rourke sonreía con la mirada. Parecía feliz de poder iniciar a su colega de ultramar en las particularidades de su país.

—Verá. Existen muchos clubes privados. Los hay, por decirlo así, para todas las categorías sociales. Este no es ni el más elegante ni el más exclusivo. Hay cuatro o cinco bastante mejores, y muchos más de menos categoría que este.

Maigret veía el amplio comedor en que iban a cenar y empezaba a comprender la escasez de restaurantes.

—Todo el mundo, por bajo que sea su estatus, forma parte de algún club, y uno sabe cuánto ha ascendido socialmente dependiendo del club al que pertenece.

—De manera que todo el mundo puede jugar a las máquinas tragaperras.

—Prácticamente, sí.

Y el *sheriff*, con un guiño, deslizó una gruesa pieza de un dólar en la ranura de una de aquellas máquinas y recogió a su vez y con un gesto negligente las cuatro piezas iguales que salieron.

—Abajo hay un juego de dados que es para nosotros lo que para ustedes la ruleta. También se juega al póquer. ¿En Francia no tienen clubes?

—Algunos, restringidos a ciertas clases sociales.

—Aquí tenemos hasta clubes de obreros de los ferrocarriles y el de empleados de Correos.

—Entonces —dijo Maigret, asombrado—, ¿para qué quieren tantos bares?

Harry Cole se bebía su whisky doble como quien cumple un rito.

—Primero, a veces sirven como terreno neutral. A uno no siempre le apetece encontrarse con gente de su categoría.

—¡Discúlpeme! Interrúmpame si me equivoco. ¿No querrá usted decir más bien que no siempre a uno le apetece comportarse como corresponde con gente de nuestra categoría? Supongo que aquí no está bien visto desplomarse y rodar bajo una mesa por estar borracho.

—Exactamente. Para eso, es mejor ir al Penguin Bar o a otra parte.

—Comprendo.

—También hay quienes no pertenecen a ninguna categoría, o, dicho de otro modo, a ningún club.

—¡Pobres diablos!

—No solo aquellos que no tienen dinero, sino también los que no quieren plegarse a las costumbres de una clase social determinada. ¡Mire! En Tucson, que es una ciudad de mucho tránsito, un club reúne a los mexicanos de origen que, desde hace varias generaciones, viven en Estados Unidos. En ese grupo, está mal visto hablar español. Y aquellos que aún hablan español o el inglés con acento pertenecen a otro club que agrupa a los recién llegados. *Have a drink*, comisario!

La decoración y el servicio eran los mismos que los de un restaurante de lujo de París, y allí comía a diario un *sheriff*.

—Dígame, ¿los soldados rasos también tienen su club?

—Tienen varios.

—¿También se ven obligados a ir a los bares cuando quieren comportarse de cierta manera?

—Naturalmente.

—Nuestro amigo Julius empieza a comprender —dijo Cole, que comía con apetito.

—Muchas cosas siguen siendo un misterio para mí.

En la mesa había vino francés, que O'Rourke había tenido la delicadeza de pedir sin decir nada. Aquel hombre gordo y de aspecto rudo no estaba exento de buen gusto, sino todo lo contrario, y cuanto más avanzaba la noche más simpático le resultaba a Maigret.

—¿No le molesta que le hable de la vista?

—Estoy aquí para eso.

Lo habían concertado de antemano. ¿Había sido O'Rourke quien le había pedido a Cole que le presentara a su colega?

—Si lo he entendido bien, su jerarquía profesional se correspondería con la que yo ocupo en París. El *sheriff*, que está por encima de usted, equivale más o menos al director de la policía judicial.

—Con la diferencia de que es elegido.

—El fiscal, por su parte, representa al procurador de la República y los *deputy-sheriffs* que están bajo sus órdenes son el equivalente a mis brigadas y mis inspectores.

—Creo que así es, más o menos.

—He observado que usted le indica al fiscal las preguntas que debe hacer. ¿Es usted también el que ha impedido que se les formularan ciertas preguntas a los testigos?

—Exactamente.

—¿Ha interrogado usted antes a esos testigos?

—A la mayoría.

—¿Y les ha formulado usted «todas» esas preguntas?

—He hecho lo posible.

—¿De qué familia procede el cabo Van Fleet?

—¿Pinky? Sus padres son agricultores adinerados del Medio Oeste.

—¿Por qué se enroló en el ejército?

—Su padre quería que trabajase con él en la granja. Lo hizo a disgusto hasta hace dos años; después, un buen día, se fue y se enroló en el ejército.

—¿Y O'Neil?

—Su padre es maestro, y también su madre. Son gente muy respetable. Quisieron hacer de él un intelectual, y para ellos fue casi un deshonor que no fuera el primero de la clase. También él se cansó. Mientras Van Fleet iba del campo a la ciudad, O'Neil iba de la pequeña ciudad al campo. Durante cerca de un año trabajó en el cultivo de algodón en el sur.

—¿Y Mullins?

—Ya de muy joven tuvo problemas con la policía y lo enviaron a un reformatorio. Sus padres murieron cuando él tenía diez o doce años. La tía que se ocupó de él era un ser autoritario e insoportable.

—¿El informe del médico forense era completo?

—No entiendo qué quiere usted decir con eso.

—Cinco hombres pasaron una gran parte de la noche bebiendo con una mujer. Esa mujer fue hallada muerta en la vía del ferrocarril. Sin embargo, ni por un instante, durante la vista, se ha hablado de lo que pudo pasar entre la chica y uno o varios de los hombres.

—Nunca se ha hablado de ello.

—¿Tampoco en su despacho?

—En mi despacho es distinto. Le aseguro que la autopsia ha sido tan completa como era posible desear.

—¿Y qué ha dado el resultado?

—¡Que sí!

—¿Quién?

En cierto modo era como si hasta entonces Maigret solo hubiera visto el caso representado sobre una especie de telón pintado, como en el de un fotógrafo. También era así como se presentaba a la vista del público, que parecía quedar satisfecho con ello.

Ahora, los verdaderos personajes, con hechos y gestos auténticos, sustituían poco a poco a la imagen artificial.

—Eso no ocurrió en el desierto.

—¿En casa del músico?

Aquella visita a casa del músico había llamado la atención de Maigret desde el principio.

—En primer lugar, el médico descubrió que Bessy había mantenido relaciones con un hombre en el transcurso de la noche, pero, según él, bastante tiempo antes de su muerte. Ya sabe usted que, en tales casos, puede realizarse una prueba parecida a la de la sangre y, a veces, determinar si fue con tal o tal otro hombre con quien se mantuvieron relaciones. Hablé primero con Ward, quien enrojeció. Y no era por el miedo, sino por celos, por rabia. Se indignó y gritó: «¡Ya lo sospechaba!».

—¿Mullins?

—Sí. Confesó inmediatamente.

—¿En la cocina?

—Lo tenían preparado. Él se había confiado a Erna Bolton; le había dicho que deseaba apasionadamente a Bessy.

Por una razón u otra, Erna no aprecia demasiado al sargento Ward. Y entonces ella le prometió a Mullins: «Quizá dentro de un rato, en casa del músico…».

»Erna admitió que se había quedado vigilando cerca de la cocina y que fue ella la que había avisado a la pareja de que Ward se acercaba. Y para disimular, Bessy, que supo controlar la situación, cogió la botella de whisky y se puso a beber a morro.

Maigret comprendía ahora mejor la actitud de los testigos, que reflexionaban antes de contestar a las preguntas y que sopesaban cada una de sus palabras.

—¿No cree usted que esos detalles pueden interesar a los miembros del jurado?

—Lo que importa es el resultado, ¿no es cierto?

—¿Y llegará usted al mismo resultado?

—Eso espero.

—¿Ha sido por pudor por lo que ha evitado usted todas las preguntas que se refieren a cuestiones sexuales?

En el momento en que formulaba la pregunta, Maigret se acordó de las máquinas tragaperras del bar y creyó comprender.

—Supongo que ustedes tratan en lo posible de evitar dar malos ejemplos.

—Eso es, poco más o menos. En Francia, si lo que me han contado es cierto, ustedes proceden exactamente de modo contrario. Los periódicos hacen públicos los escándalos protagonizados por ministros y personajes importantes. Después, cuando un pobre hombre de la calle hace lo mismo que aquellos, ustedes lo detienen. ¿Alguna otra pregunta, comisario?

—Si hubiese tenido tiempo, las habría preparado por escrito. ¿Erna cree que su amiga Bessy estaba enamorada de Mullins?

—No. Opina como yo, que Bessy estaba realmente enamorada del sargento Ward.

—Pero ¿deseaba a Mullins?

—Cuando había bebido, deseaba a todos los hombres.

—¿Le pasaba eso con frecuencia?

—Varias veces a la semana. Con Ward tenía un romance. Cuando no iba a verla, Ward le escribía y la llamaba por teléfono, a veces durante media hora.

—¿Ella esperaba casarse con él?

—Sí.

—¿Y él?

—Es difícil decirlo. Estoy seguro de que fue sincero al responder a mis preguntas. En el fondo es bastante buen muchacho. Se casó, como se casan aquí muchos jóvenes, en pocos días. Creen estar enamorados porque se desean y enseguida van a por una licencia de matrimonio.

—He notado que no han llamado a declarar a su mujer.

—¿Para qué? No se encuentra muy bien. Le ha sido difícil criar a sus dos hijos, y está esperando el tercero; eso era lo que retenía a Ward. Él deseaba casarse con Bessy, pero al mismo tiempo no quería hacer sufrir a su mujer.

Maigret no se había equivocado cuando comparó a esos grandes muchachos con colegiales. Jugaban a ser «hombres». Creían ser hombres. Un golfillo de la Bastilla o de la plaza Pigalle habría declarado con desdén que aquellos chicos no eran más que niños de coro.

—¿Fue usted, *chief*, quien identificó el cadáver?

—Mis hombres ya lo habían identificado poco antes. Bessy ya había pasado cinco o seis veces por mi despacho.

—¿Por dedicarse a la prostitución?

—Siempre emplea usted palabras demasiado precisas y por eso es difícil contestarle. Por ejemplo, cuando trabajaba en el *drive-in*, Bessy ganaba unos treinta dólares por semana. Sin embargo, el apartamento en que vivía con Erna le costaba sesenta dólares al mes.

—¿Intentaba obtener ingresos suplementarios?

—No necesariamente en forma de dinero, no. La llevaban a comer y a beber. ¡Un cóctel cuesta cincuenta centavos! Un whisky, lo mismo.

—¿Hay muchas chicas como ella en la ciudad?

—De distintas categorías. Hay unas a las que puedes llevar a comer unos espaguetis en un *drive-in*, y otras a quienes hay que ofrecer una cena con pollo en un buen restaurante.

—¿Como Erna Bolton?

—Mitchell la vigila de cerca. A ella, le costaría caro engañarlo, y estoy convencido de que, algún día, él se casará con Erna. No son santos, pero tampoco son mala gente.

—¿Se enteró el sargento Mitchell de que su hermana y Mullins habían mantenido relaciones sexuales en la cocina?

—Erna lo llevó aparte para contárselo.

—¿Cómo reaccionó?

O'Rourke se echó a reír.

—Yo no estaba allí, comisario. Tan solo sé lo que me han querido decirme. ¿Sabe usted que era el tutor de su hermana y que se tomaba muy en serio su papel?

—¿Dejándola que se acostara con todos los hombres que se le antojaban?

—¿Qué quería usted que hiciera? No podía estar pegado a ella a todas horas. Era fundamental que Bessy se ganara la vida, y no tenía suficientes estudios para trabajar en una oficina. Él logró que la contratasen como vendedora en unos grandes almacenes, pero solo duró un día, porque se dedicaba a dar conversación a los clientes y, además, se equivocaba a la hora de cobrarles. Para Mitchell, Ward era un mal menor, y quizás hubiera acabado casándose con ella. Mullins habría sido mejor candidato, ya que era soltero.

Ahora fue Maigret quien se echó a reír. La fisonomía de los personajes cambiaba rápidamente a medida que O'Rourke le revelaba nuevos datos.

Habían servido coñac, que el *chief deputy-sheriff* estaba orgulloso de ofrecer a sus invitados, pues se trataba de una excelente añada. O'Rourke, que había oído decir que el coñac debe calentarse antes de tomarlo, sostenía religiosamente su copa en el hueco de su gruesa mano.

—¡A su salud!

A Maigret no le sorprendía la indulgencia que mostraban hombres como su colega, o como Harry Cole, que llevaban a comer a un detenido a un buen restaurante.

Esa clase de indulgencia también era frecuente en el Quai des Orfèvres. Había en París cierto número de maleantes, a quienes Maigret conocía muy bien y con los cuales se encontraba de vez en cuando, diciéndoles: «Has vuelto a traspasar los límites, muchacho. Me veo obligado a detenerte. Te hará bien reflexionar unos meses en la sombra».

Lo que le asombraba allí era la actitud de los miembros del jurado y la del público. Cuando, por ejemplo, habían descrito la fiesta nocturna y citado el número de rondas que habían tomado nadie había pestañeado.

Aquella gente parecía comprender que para formar un mundo es necesario que haya de todo, y que una sociedad incluye fatalmente cierto porcentaje de desperdicios.

En el nivel superior estaban los grandes gánsteres, que eran casi indispensables, pues gracias a ellos uno podía conseguir aquello que la ley prohibía.

Los gánsteres necesitaban a asesinos para arreglar cuentas entre sí.

Todos pueden formar parte de un club de una clase social determinada.

No todos pueden ascender en la escala social.

Hay quienes bajan en picado. Otros han nacido ya en el estrato más bajo. Están los débiles, los malhumorados y también los que se convierten en muchachos conflictivos para poder pavonearse ante los demás, y por creer, a pesar de todo, que están capacitados para hacer algo.

Y era precisamente eso lo que los miembros del jurado, escogidos al azar, parecían comprender.

—¿Van Fleet tenía alguna amante?

—¿Me pregunta usted si se acuesta con más o menos regularidad con una mujer?

—Si quiere expresarlo así…

—No. Es más difícil de lo que usted cree. Aparte de una Bessy, o de una Erna Bolton, una mujer, en esos casos, termina siempre convenciendo al hombre de que se case con ella. Bessy casi lo había conseguido, y Erna lo conseguirá.

—¿De manera que solo ocurre en pocas ocasiones?

—En muy pocas, sí.

—¿Y O'Neil?

—¡O'Neil lo mismo! Le advierto además de que Ted O'Neil, a pesar de su apariencia, es el más tímido de todos. Aquí se siente desplazado. ¡Y tampoco está cómodo! Ha recibido una educación estricta. Me pregunto si no echará de menos su casa y ese ambiente tradicional y conservador del que ya no forma parte.

—¿Sus padres no le escriben?

—Ya no quieren saber nada de él.

—¿Wo Lee?

—Cuando haya vivido usted en una ciudad en la que habitan cientos de chinos, entonces sabrá que lo mejor es tratar de no entenderlos. Yo creo que Wo Lee es un buen muchacho y que aspira a hacer bien las cosas. Está orgulloso de su uniforme. Se dejará matar valientemente en la próxima guerra.

Harry Cole, que apenas intervenía, los miraba con una sonrisa indefinible.

—Conozco un poco a los chinos —dijo, sin embargo.

—¿Qué opina de ellos?

—Nada —ironizó Maigret.

La mayoría de las personas habían terminado de cenar; había mucha gente en el bar, donde se oían voces y entrechocar de vasos. En un salón vecino se jugaba a las cartas.

—¿Alguna otra pregunta?

—Sí. No sé exactamente cómo plantearla. No puedo dejar de pensar en que eran cinco hombres y una mujer, y que todos habían bebido. Mullins, usted me lo ha dicho, no resistió la tentación. Consiguió lo que quería. Quedan los otros tres. ¿Cree usted que un muchacho sanguíneo, como

Van Fleet, y otro de complexión fuerte, como O'Neil, no la deseaban también?

—Es muy posible.

—¿No cree usted que ella también los provocó, al igual que hizo con Mullins?

—Es probable. Bessy debió de excitarlos, si a eso se refiere.

—¿Los chinos, al igual que los negros, sienten cierta predilección por las mujeres blancas?

—Conteste usted, Harry.

—No creo que sea porque les gusten más las mujeres blancas. De hecho, prefieren a sus compatriotas. Pero, para ellos, seducir a una mujer blanca es una cuestión de orgullo.

—De modo que —señaló Maigret, que siempre volvía a su idea principal— eran cinco hombres y una mujer en un coche. Detrás, si no me equivoco, estaban apretados unos contra otros, en la oscuridad, O'Neil, Bessy y Wo Lee. ¡Espere! He empezado por donde no debía. Usted ha dicho que Ward estaba celoso. Conocía el temperamento de Bessy y cómo se comportaba ella cuando bebía en exceso. Sin embargo, fue él quien organizó esa especie de fiesta con sus compañeros.

—¿No lo entiende usted?

—Creo entenderlo, pero quisiera saber si mi razonamiento es válido también para los americanos.

—Ward se sentía orgulloso de tener, él, un hombre casado, lo que usted llamaría una amante. ¿Se imagina usted la superioridad que eso le daba ante sus compañeros?

—¿Eso no suponía un riesgo para él?

—No pensaba en un posible riesgo, sino solo en impresionarlos. Fíjese en que a partir de cierto momento se puso nervioso y trató de impedir que Bessy bebiera.

—Parece que solo sintiera celos de Mullins.

—Y no se equivocaba. A sus ojos, Mullins es el típico tipo guapo que gusta a las mujeres. No le preocupaban demasiado los otros dos, mucho más bajos que él, y menos aún el chino, que es aún un adolescente.

—¿Cree usted en esa especie de exhibicionismo?

—He oído decir que en París, como en otros sitios, los personajes más importantes exhiben, orgullosos, a sus mujeres o a sus amantes, que lucen enormes escotes.

—¿Cree usted que pasó algo en el coche por lo que Bessy decidió no ir a Nogales?

—En principio, existe una razón que lo explicaría, pero ignoro si es la correcta. Desde que irrumpió en la cocina, Ward estaba nervioso y de mal humor. Obligó a Bessy a cambiar de sitio en el coche y a sentarse en la parte de atrás para que no estuviera junto a Mullins. Pero, al mismo tiempo, la alejó de sí mismo. Era una manera de mostrarle su enfado. Ella pudo responder enfadándose a su vez.

—¿Y si algo la hubiera asustado?

—¿Tal vez O'Neil o el chino intentaron hacerle algo, en un coche en el que eran seis personas? No se olvide, comisario, de que todos ellos, salvo Wo Lee, estaban bastante borrachos.

—¿Es ese el motivo de que no coincidan sus declaraciones?

—Y también, lo acepto, porque cada uno se sabe más o menos sospechoso. Además, intervienen relaciones de amistad. O'Neil y Van Fleet son prácticamente inseparables, y habrá notado usted que sus declaraciones son casi idénticas. Wo Lee intenta contentar a los demás, porque la idea de quedar como un delator le repugna.

—¿Por qué Ward ha declarado que Bessy no volvió a subir al coche después de la primera parada?

—Porque tiene miedo. No olvide que esta historia le está acarreando grandes problemas. Tiene mujer e hijos. Seguramente su mujer pedirá el divorcio.

—Ward ha afirmado que Bessy se alejó con el sargento Mullins.

—¿Qué nos demuestra que no ocurrió así?

—También se contradicen sus *deputy-sheriffs*.

—Cada uno de ellos declara bajo juramento y dicen lo que consideran que es la verdad.

—El inspector de la Southern Pacific parece conocer bien su oficio.

—Es un hombre de gran valía.

—¿Conley?

—Es un buen hombre.

—¿Atwater?

—Un solemne imbécil.

No se equivocaba al juzgar a sus subordinados.

—¿Y Schmider?

—Un experto de primer orden.

—¿Espera usted realmente encontrar el coche que llevó a los tres hombres?

—Me asombraría que no estuviera delante de mi despacho mañana temprano, porque esta tarde hemos conseguido la dirección del garaje que vendió los cuatro neumáticos.

—¿Es ese el motivo por el que ha pedido que se alargue la vista hasta mañana?

—Y también porque los miembros del jurado tendrán la mente más descansada.

—¿Cree usted que realmente han entendido algo de este caso?

—Han permanecido muy atentos. En este momento, tal vez se encuentren aún algo desorientados. Bastará con que mañana se les se les muestre algunas evidencias, si las hay, claro.

—¿Y si no es así?

—Juzgarán de acuerdo con sus conciencias.

—Con un sistema así, ¿muchos culpables no quedan en libertad?

—Es mejor eso que condenar a un inocente, ¿no cree?

—¿Por qué regresó usted ayer al Penguin Bar?

—Se lo diré. Bessy, que vivía cerca de allí, iba casi todas las noches. Pretendía obtener una lista de los hombres con los que solía encontrarse.

—¿Le ha sacado a la camarera alguna información interesante?

—Me ha dicho que Van Fleet y O'Neil habían ido varias veces.

—¿En compañía de Ward?

—No.

—¿Salieron alguna vez con Bessy?

—No. A Bessy no le gustaban.

—¿Eso excluye la posibilidad de que Bessy los citara allí? O'Neil pudo hablar con ella en el coche y pedirle que se deshiciera de los otros.

—Lo he pensado.

—Ella dice que no quiere seguir hasta Nogales, discute a propósito con Ward, se niega a subir de nuevo al coche y espera a los otros dos en el desierto. Estos, en cuanto llegan a Tucson, se separan de sus compañeros, sin sospechar que Ward y Mullins piensan regresar al desierto. Tratan de librarse de Wo Lee, que es ajeno a todo ese asunto, y toman un taxi.

—¿Y la matan?

—Yo habría pedido que examinasen la ropa interior de esos dos hombres —dijo Maigret.

—La han examinado. En cuanto a Van Fleet, los resultados han sido negativos, si nos referimos usted y yo a los mismo. Respecto a O'Neil llegamos demasiado tarde, porque ya había enviado su ropa a la lavandería cuando se la pedimos.

—¿Cree usted que Bessy fue asesinada?

—Verá usted, comisario, aquí no consideramos a nadie culpable antes de tener pruebas definitivas. Existe la presunción de inocencia.

Maigret repuso, medio en serio medio en broma:

—Todo francés, sin embargo, es presuntamente culpable. A pesar de su opinión, juraría que ha sido usted quien ha hecho encerrar a los cinco hombres por el delito de corrupción de menores.

—La incitaron a beber, ¿sí o no? ¿Acaso no lo han admitido?

—Sí, pero…

—Entonces han infringido la ley, y eso me convenía porque facilitaba mi trabajo al estar ellos detenidos. No dispongo de demasiados agentes. Habríamos tenido que vigilarlos a los cinco. Creo que sabe usted ahora más o menos lo mismo que yo. Si tiene alguna otra pregunta, no dude en hacérmela.

—Tras enterarse de la muerte de su hermana, ¿Mitchell declaró que esta había sido asesinada?

—Esa fue su primera reacción. No olvide que sabía que había mantenido relaciones con Mullins en la cocina y que Ward estuvo a punto de sorprenderlos.

—¡No!

—¿Qué quiere usted decir?

—Mitchell nunca ha sospechado de Ward. En todo caso, no es de él de quien sospecha en este momento.

—¿Se lo ha dicho él?

—Me lo ha dado a entender.

—Entonces sabe usted más que yo, y tal vez debería tener una conversación con él. Y ahora discúlpeme, porque debo dejarlo para ir a mi despacho. Harry, ¿se queda usted con el comisario?

Maigret salió a la calle con Cole, cuyo coche, como de costumbre, estaba aparcado allí mismo.

—¿Dónde le apetece ir, Julius?

—A acostarme.

—¿No cree usted que este es un buen momento para tomar un último trago?

No fallaba: salían de un club donde, en un ambiente agradable, tenían a su disposición todas las bebidas imaginables, donde Cole conocía a todo el mundo y donde podían beber y charlar cuanto quisieran.

Sin embargo, nada más salir les entraban ganas de ir a acodarse en la barra de un bar anónimo.

¿No era tal vez algo parecido a la atracción del pecado?

Maigret estuvo a punto de abandonar a su compañero y de irse al hotel, pues se caía de sueño. Sin embargo, lo acompañó por una especie de cobardía, y Cole, un poco más tarde y con toda naturalidad, detuvo su coche frente al Penguin.

Aquella noche se encontraba casi desierto. Se hallaba, como de siempre, en penumbra y de la máquina luminosa salía música. Cerca de esta, a una mesa, estaban sentadas dos parejas: Harold Mitchell con Erna Bolton y el músico con Maggie.

Mitchell frunció el ceño al ver entrar al comisario en compañía de un oficial del FBI y se puso a hablar en voz baja con sus compañeros.

—¿Está usted casado? —preguntó Maigret a Cole.

—Sí, y soy padre de tres hijos. Se han quedado allí, en Nueva Inglaterra, porque yo solo estaré aquí unos meses.

Maigret notó cierta nostalgia en su mirada y Cole apuró de un trago su copa.

—¿Qué opina usted del club? —preguntó.

—No creí que fuera tan lujoso —dijo Maigret.

—Los hay mejores. En el Country Club, por ejemplo, hay un campo de golf, varias pistas de tenis y una magnífica piscina.

Cole, que había hecho una seña al camarero para que le volviese a llenar el vaso, continuó:

—Se come mucho mejor y resulta más barato que en los restaurantes. Todo es de buena calidad. Pero reconozca usted que es… No hay ninguna palabra inglesa que pueda expresarlo. Creo que en francés dicen ustedes «emmerdant», ¿verdad?

¡Qué curiosa resulta aquella gente! Se imponían a sí mismas reglas estrictas. Y las seguían de forma concienzuda durante tantas horas al día, o tantos días a la semana, o tantas semanas al año.

¿Experimentarían la necesidad de infringirlas en determinados momentos?

Mucho más tarde, cuando se acercaba la hora del cierre del local, Cole, que había bebido mucho, y que aquel día solo se mostraba agresivo consigo mismo, le confió su secreto:

—Verá, Julius, para que el mundo funcione bien es indispensable que la gente viva de cierta manera. Tenemos casas confortables, aparatos eléctricos, un automóvil lujoso, una mujer bien vestida que nos da hermosos niños y que los mantiene limpios. Pertenecemos a la parroquia y al club. Ganamos dinero y trabajamos para ganar más cada año. ¿No funciona así en todo el mundo?

—Quizás, en su país, las cosas funcionan de manera más perfecta.

—Porque nosotros somos más ricos. Incluso los más pobres tienen un coche. Los negros que recogen el algodón poseen casi todos un coche viejo. Hemos reducido al mínimo los residuos. Somos un gran pueblo, Julius.

Y no fue solo por educación por lo que Maigret le respondió:

—Estoy convencido de ello.

—Hay momentos en que la casa confortable, la mujer sonriente, los niños bien limpios, el automóvil, el club, la oficina y la cuenta en el banco no son suficientes. ¿También ocurre lo mismo en su país?

—Yo creo que eso les ocurre a todos los seres humanos.

—Entonces, Julius, voy a darle mi receta, ya que en este país somos muchos millones los que la conocemos y la llevamos a la práctica. Entras en un bar como este, poco importa cuál, porque son todos idénticos. El camarero te llama por tu nombre o por otro cualquiera, si no te conoce; eso no tiene importancia. Coloca el vaso delante de ti y te lo llena cada vez que lo ve vacío.

»En cierto momento, alguien que no te conoce, te da unas palmaditas en la espalda y te cuenta su vida. Casi siempre te enseñará la foto de su mujer y de sus hijos, y acabará confesándote que es un verdadero cerdo.

»A veces un tipo que tiene el whisky melancólico te mira de través y, sin razón aparente, te golpea en la cara.

»Eso no importa. De todos modos, acaban echándolo a la calle a la una de la madrugada, porque es la ley, y la ley sigue siendo la ley.

»Trata uno de regresar a casa sin derribar farolas por el camino, porque corre el riesgo de ir a la cárcel por conducir borracho.

»Y al día siguiente, echa mano de la pequeña botella azul que usted ya conoce. Suelta unos cuantos eructos que huelen a whisky. Un baño caliente seguido de una ducha helada y el mundo vuelve a estar limpio y es un nuevo día, y uno se siente feliz de encontrar de nuevo su casa en orden, las calles bien limpias, el coche que circula sin ruido y el despacho refrigerado. ¡Y la vida es hermosa, Julius!

Maigret observaba en el rincón cercano a la máquina de la música a las dos parejas, que los miraban.

En definitiva: Bessy había muerto para que la vida siguiese siendo hermosa.

8

La intervención del negro

Allí estaban los cinco, en la terraza del primer piso, con sus uniformes azules de presidiarios. A fuerza de lavados, la tela de los uniformes había tomado el mismo azul que los filetes de sardina, o que el azul del cielo, que cada mañana era igual de puro.

A la sombra, en el recodo de la terraza, todavía podía sentirse el frescor de la noche y del alba; pero, en cuanto se atravesaba la línea de la luz, uno sentía que le ardía la piel.

Al cabo de un rato, cuando el sol estuviera más alto en el cielo, uno de esos cinco hombres tal vez sería acusado de asesinato.

¿En eso pensaban en aquel momento? Y aquellos que se sabían inocentes, ¿estarían preguntándose cuál de ellos era el asesino? ¿O bien ya lo sabían y se habían callado por amistad o por espíritu de compañerismo?

Lo que llamaba la atención era lo distanciados que se les veía entre ellos.

Pertenecían a la misma base, a la misma unidad. Salían, bebían y se divertían juntos, y todos se llamaban por su nombre.

Sin embargo, desde la primera vez que habían comparecido ante el juez, se había alzado entre ellos una barrera invisible, y ahora parecían no conocerse.

Normalmente evitaban mirarse unos a otros, pero si por casualidad lo hacían, su mirada era grave y hosca, cargada de sospechas o de rencor.

Llegaban a rozarse y a encontrarse juntos, sin que eso estableciese entre ellos ningún tipo de contacto.

Sin embargo, entre aquellos hombres existían vínculos, que Maigret había advertido desde el primer día y que ahora empezaba a comprender mejor.

Por ejemplo, se dividían en dos grupos distintos no solo cuando salían a divertirse, sino también en el cuartel.

El sargento Ward y Dan Mullins formaban uno de esos grupos. Eran los de más edad —daban ganas de decir «los grandes»—; y, a su lado, los otros tres hacían de comparsas, constituían la clase inferior.

Como les ocurre a los nuevos alumnos a principio de curso, esos tres tenían algo de palurdos, de indecisos, y se les notaba en los ojos una mezcla de admiración y envidia hacia los más veteranos.

Sin embargo, la barrera que existía entre Ward y Mullins era la más ancha, la más impenetrable. ¿Acaso Ward podía olvidar que Mullins había poseído a Bessy, casi ante sus narices, en la cocina del músico, y que aquella había sido la última vez sin duda que habían abrazado a la chica?

Para conseguir a Bessy, él había pagado un alto precio: la promesa de divorciarse, lo que significaba que lo separarían de sus hijos. Se lo había jugado todo a una sola carta, mientras que su compañero solo había tenido que acariciarla con su mirada de niño bonito.

¿No sospechaba de Dan cosas más graves aún? ¿No habría que creer que actuaba de buena fe al afirmar que le habían administrado la droga sin él saberlo?

Se había quedado dormido de repente, y su orgullo de bebedor tal vez le impedía admitir que había sido a causa del alcohol. Ignoraba cuánto tiempo había dormido. A este respecto, Maigret hizo una observación divertida. Cada vez que el juez o el fiscal preguntaban qué hora era exactamente, los cinco hombres habían respondido: «No llevaba reloj».

Eso le había recordado a Maigret su servicio militar, en los tiempos en que los soldados recibían cinco céntimos al día, y tras algunas semanas, todos los relojes del regimiento acababan en una c1asa de empeños.

Pero ¿cómo podía saber Ward que Mullins había estado todo el tiempo a su lado en el coche?

Maigret se lo había preguntado a Cole, que debía de saberlo, porque era su especialidad:

—¿Tal vez el músico tenía en su casa cigarrillos de marihuana?

—Estoy casi seguro de que no. Además, no habrían podido sumirlo en un sueño tan profundo como el que describió. Al contrario, se habría sentido con una enorme vitalidad.

Mullins, por su parte, ¿no sospecharía que Ward había aprovechado su sueño para ir hasta la vía del ferrocarril?

Sin embargo, en ningún momento durante la vista, habían intercambiado una mirada de odio o de reproche. Se habría dicho que cada uno, con el ceño sombrío y fruncido, se esforzaba con obstinación en encontrar la solución al problema.

En la clase inferior, Van Fleet era el más nervioso. Aquella mañana sus ojos eran de quien no ha dormido en toda la noche, o ha llorado mucho.

Tenía la mirada inquieta, ansiosa. Parecía presentir una desgracia inminente, y se había mordido las uñas a ras de los dedos. Se las mordía sin darse cuenta, y, cuando se percataba de ello, dejaba de hacerlo, tratando de contenerse.

O'Neil, testarudo y hosco, seguía pareciéndose a un buen alumno al que han castigado injustamente, y era el único de los cinco que llevaba con torpeza el uniforme de presidiario, que le venía demasiado grande.

El chino, por su parte, conservaba algo tan puro en su mirada, en su cara de rasgos apenas dibujados y en su actitud que daban ganas de tratarlo como a un niño.

—¡El último día! —gritó al oído de Maigret una voz alegre que hizo que este se sobresaltase.

Era uno de los miembros del jurado, el más viejo, que parecía un grabado en aguafuerte. Sus ojos, surcados de mil arrugas finas y profundas, brillaban con una mezcla de malicia y bondad. Había visto cómo Maigret asistía cada día a la vista, mostrándose tan atento y tan apasionado por el juicio que debía de creer que el comisario se sentía decepcionado de que terminase ya.

—Sí, el último día.

Aquel viejo, que no parecía preocupado, ¿ya se habría formado una idea sobre el asunto? Van Fleet, que era el que más cerca estaba de ellos y que los había oído, se puso a morderse las uñas, mientras el sargento Ward clavaba su mirada sombría en aquel hombre grueso con acento extranjero, que se preocupaba por él, a saber por qué.

Iban todos recién afeitados. Ward se había hecho cortar el pelo y lo llevaba más corto que de costumbre sobre la nuca y alrededor de las orejas, de modo que la piel, muy blanca en esos lugares, contrastaba con el resto, tostada por el sol.

Algo anormal estaba ocurriendo. Eran las diez menos veinte y Ezequiel no había llamado aún a los miembros del jurado.

No se hallaba en la galería, sino abajo, a la sombra, cerca del césped, fumando su pipa ante una puerta cerrada.

No se había visto al juez, ni al fiscal, ni a O'Rourke, quienes normalmente iban y venían por los pasillos.

Los habituales estaban sentados en la sala ya desde las nueve y media, y, poco después, habían salido uno tras otro dejando sus sombreros o un objeto cualquiera sobre el asiento para que no les quitaran el sitio. Todos miraban a Ezequiel desde la galería de arriba. Algunos bajaron para tomar una Coca-Cola. La negra del bebé le dijo algo a Maigret, pero este no entendió lo que le dijo, de modo que se limitó a sonreírle y a acariciar con el dedo la barbilla del niño.

Maigret bajó también y vio que había una reunión en el despacho del juez, donde reconoció a O'Rourke, que en ese momento estaba llamando por teléfono.

Echó cinco centavos en la ranura de la máquina roja y bebió su primera Coca-Cola de la mañana directamente de la botella. Desde abajo, seguía observando a los cinco hombres acodados en la balaustrada del primer piso.

Entonces sacó un trozo de papel de su cartera y escribió algo. Bajo las arcadas, había un vendedor de periódicos y de tarjetas postales. También vendía sobres, y Maigret compró uno en el que introdujo una nota, lo cerró y escribió el nombre de O'Rourke.

Poco a poco se notaba que la impaciencia aumentaba, a la vez que cierta inquietud. Todo el mundo se fijaba ya en la puerta, tras la cual estaban las autoridades, y de la que a veces salía uno de los *deputy-sheriffs*, agitado, y que se precipitaba a otro despacho.

Finalmente se detuvo ante la puerta un coche de color claro, y un hombre bajo y rechoncho atravesó el patio y se dirigió hacia el despacho del *sheriff*. Debían de estar esperándolo, pues O'Rourke corrió a su encuentro, lo acompañó y la puerta se cerró tras ellos.

A las diez menos cinco, por fin, Ezequiel, aspirando la última bocanada de su pipa, gritó su tradicional:

—¡Señores del jurado!

Todo el mundo ocupó su lugar. El juez ensayó diversas posiciones de su sillón y reguló la altura del micrófono. Ezequiel trasteó un poco en los botones de la refrigeración y fue a cerrar las persianas.

—¡Angelino Potzi!

O'Rourke buscó a Maigret con la mirada y le hizo un guiño. Harold Mitchell, sentado un poco más lejos, sorprendió ese gesto y frunció el ceño.

—¿Es usted comerciante de comestibles y proveedor de la base de aviación?

—Abastezco la despensa de los oficiales y la de los suboficiales.

Italiano de origen, había conservado su acento. Se veía que tenía mucho calor. Se había abierto la camisa y se enjugaba continuamente el sudor, sin dejar de mirar con curiosidad alrededor.

—¿Sabe usted algo sobre la muerte de Bessy Mitchell o ha oído hablar de la investigación que se lleva a cabo?

—No, señor. He llegado hace una hora de Los Ángeles, adonde he ido con uno de mis camiones a buscar mercancía. Mi mujer me ha dicho que habían llamado a casa varias veces durante la noche para preguntar si yo estaba ya de regreso. Hace un rato, cuando iba a darme una ducha y luego a acostarme, fue a buscarme uno de los hombres del *sheriff*.

—¿Qué ha hecho usted desde el día veintiocho de julio por la mañana?

—Al salir de la base, adonde fui a recibir los pedidos…

—Un momento. ¿Dónde pasó usted la noche del veintisiete al veintiocho?

—En Nogales, del lado mexicano. Acababa de comprar dos camiones de melones y un camión de verduras. Mis proveedores y yo pasamos una parte de la noche juntos, como ocurre con frecuencia.

—¿Bebió usted mucho?

—No mucho. Jugamos al póquer.

—¿No le ocurrió nada más?

—Fuimos hasta el barrio alto a tomar un trago. Dejé mi coche aparcado, pero cuando volví a cogerlo vi que tenía un golpe en uno de los guardabarros. Así que deduzco que otro coche chocó contra el mío.

—Descríbanos su coche.

—Es un Pontiac beis que compré de ocasión hará unos ocho días.

—¿Sabía usted que los neumáticos habían sido adquiridos a crédito?

—Lo ignoraba. Compro y vendo coches con frecuencia, no tanto para obtener beneficios con la venta, sino para mi propio uso.

—¿A qué hora volvió a tomar la carretera de Tucson?

—Debían de ser aproximadamente las tres de la mañana cuando crucé la verja. Charlé un rato con el agente de inmigración, que me conoce desde hace tiempo.

Mantenía la costumbre europea de gesticular al hablar, y miraba a las personas que lo rodeaban, como si no comprendiera aún qué querían de él.

—¿Estaba usted solo en el coche?

—Sí, señor. Al acercarme al aeródromo de Tucson, vi a alguien que me hacía señas para que me detuviera. Pensé que estaba haciendo autostop, y lamenté que no hubiera aparecido antes, porque así habría tenido compañía durante el trayecto.

—¿Qué hora era?

—No iba a mucha velocidad. Debían de ser poco más de las cuatro.

—¿Ya había amanecido?

—Aún no. Pero la noche empezaba a clarear.

—Por favor, dese la vuelta y díganos cuál de esos hombres lo detuvo en la carretera.

Potzi no vaciló.

—¡Fue el chino!

—¿Estaba solo en la carretera?

—Sí, señor.

—¿Cómo iba vestido?

—Creo que llevaba una camisa de color malva o violeta.

—¿No se cruzó con ningún coche viniendo de Nogales?

—Sí, señor. A unos tres kilómetros de donde recogí al soldado.

—¿Hacia Nogales?

—Sí. Al borde del camino, había un Chevrolet parado delante de un poste de telégrafos. Tenía las luces apagadas y, por un momento, creí que se trataba de un accidente, pues la parte delantera tocaba casi el poste.

—¿No vio a nadie en su interior?

—Estaba demasiado oscuro.

—¿Qué le dijo el cabo Wo Lee?

—Me preguntó si podía esperar unos instantes a sus dos compañeros que llegarían de un momento a otro. Añadió que los tres pertenecían a la base, y yo le dije que precisamente me dirigía allí. Creí que los otros dos se habrían alejado momentáneamente de la carretera para satisfacer alguna necesidad.

—¿Esperó usted mucho tiempo?

—Se me hizo bastante largo, sí.

—¿Cuántos minutos más o menos?

—Tal vez tres o cuatro. El cabo gritó sus nombres, haciendo bocina con las manos, en dirección a la vía.

—¿Podía usted ver la vía?

—No. Pero recorro con frecuencia la carretera y sé por donde pasa.

—¿Wo Lee se alejó de allí?

—No. Me di cuenta de que estaba decidido a marcharse sin sus compañeros, si no aparecían enseguida.

—¿Ya se había subido al coche de usted?

—No. Se quedó fuera, apoyado en el guardabarros delantero.

—¿El que recibió el golpe en Nogales?

—Sí, señor.

Maigret entendió lo que pasaba: los policías habían debido de encontrar restos de pintura en la carretera, y esa era la razón por la que habían preguntado a los tres hombres si el coche que los había devuelto a la base tenía señales de haber sufrido un accidente.

—¿Qué pasó después?

—Nada. Llegaron los otros dos. Primero oímos sus pasos.

—¿Procedentes de la vía?

—Sí.

—¿Qué dijeron?

—Nada. Entraron enseguida en el coche.

—¿Se sentaron detrás?

—Uno de ellos se sentó detrás con el chino. El otro se sentó a mi lado.

Sin que se lo preguntaran, se dio la vuelta y señaló a O'Neil.

—Ese fue el que se sentó delante.

—¿Charló con usted?

—No. Estaba muy acalorado y respiraba ruidosamente. Pensé que estaba borracho y que seguramente acababa de vomitar.

—¿No se hablaron entre ellos?

—No. La verdad es que el único que habló fui yo.

—¿Hasta la base?

—Sí. Los dejé en el primer patio, nada más pasar la alambrada. Creo que el chino fue el único que me dio las gracias.

—¿Después no encontró usted nada en el coche?

—No, señor. Hice lo que tenía que hacer y regresé a mi casa. A menudo paso alguna noche sin dormir. Vino a buscarme el chófer con uno de los camiones y nos dirigimos a Los Ángeles. Salimos de allí ayer al mediodía. No leí los periódicos porque estuve muy ocupado.

—¿Alguna pregunta, señores del jurado?

Estos negaron con la cabeza, y Potzi, recogiendo su sombrero de paja, que había dejado en el suelo, se dirigió a la salida.

—Un momento. ¿Quiere usted tener la amabilidad de quedarse un instante a disposición del tribunal?

Ya no había asientos, de modo que Potzi permaneció de pie en el umbral de la puerta y encendió un cigarrillo, provocando así la ira de Ezequiel.

En el momento en que, por fin, se levantaba O'Rourke, el viejo negro del jurado alzó la mano, como en la escuela.

—Quisiera que se le pregunte bajo juramento a cada uno de los cinco hombres cuándo vieron a Bessy Mitchell, viva o muerta, por última vez.

Maigret se estremeció, y miró al negro con una mezcla de respeto y admiración. O'Rourke, mientras se sentaba de nuevo, se volvió hacia el comisario y le dirigió una mirada que significaba: «¡No es tan tonto el viejo!».

Solo el fiscal parecía enfadado.

—¡Sargento Ward! —gritó. —Y, cuando el sargento estuvo sentado delante del micrófono de metal cromado, le dijo—: Ha oído usted la petición del miembro del jurado. Le recuerdo que está usted declarando bajo juramento. ¿Cuándo fue la última vez que vio usted a Bessy, viva o muerta?

—El veintiocho de julio por la tarde. El señor O'Rourke me llevó al depósito de cadáveres para que la reconociera.

—¿Cuándo la vio por última vez antes de eso?

—Cuando salió del coche en compañía del sargento Mullins.

—¿Durante la primera parada que hicieron con el coche en el lado derecho de la carretera?

—Sí, señor.

—¿No la vio usted cuando bajó después para ir en su busca?

—No, señor.

El negro hizo un gesto de aprobación.

—¡Sargento Mullins! Le hago la misma pregunta y le dirijo la misma advertencia. ¿Cuándo vio a Bessy por última vez?

—Cuando salió del coche con Ward y ambos se alejaron en la oscuridad.

—¿Tras la primera parada?

—No, señor. Durante de la segunda.

—¿Cuando el coche ya había dado la vuelta en dirección hacia Tucson?

—Sí, señor. Luego ya no volví a verla.

—¡Cabo Van Fleet!

Este estaba visiblemente agotado. Por alguna razón, sus nervios empezaban a flaquear, y habría bastado un ligero empujón para que se derrumbara del todo. Se le veía alterado; sus manos no dejaban de moverse; no sabía dónde mirar.

—¿Ha oído usted la pregunta?

O'Rourke se inclinó hacia el fiscal, que dijo:

—Le recuerdo que declara usted bajo juramento, y que cometer perjurio es un crimen federal que se castiga hasta con diez años de cárcel.

Aquello resultaba tan penoso de ver como cuando unos niños, sobreexcitados, se ensañan con un gato herido. Por primera vez en aquella sala se palpaba la tragedia. En ese preciso momento el bebé de la negra se puso a chillar. El juez, impaciente, frunció el ceño. La madre trató en vano de hacer callar a la criatura. Van Fleet abrió la boca dos veces para hablar, y las dos veces el crío se puso a chillar aún más fuerte, hasta que, por fin, la negra se decidió a abandonar la sala con evidente disgusto.

Entonces Pinky abrió la boca una vez más, que permaneció abierta sin que emitiese ningún sonido. El silencio les pareció a todos tan largo, como a Potzi los tres minutos de espera en la carretera. Le entraban ganas a uno de ayudar al cabo, de apuntarle una respuesta o de pedirle al juez que no lo martirizara más.

Una vez más, O'Rourke se inclinó hacia el fiscal, quien se levantó, y avanzó en línea recta hacia el banco de los testigos, sosteniendo un lápiz como un maestro de escuela.

—¿Ha escuchado usted la declaración de Potzi? Cuando se detuvo al lado de la carretera, su camarada Wo Lee estaba solo. ¿Dónde estaba usted?

—En el desierto.

—¿En el lado de la vía?

—Sí.

—¿En la misma vía?

Negó con la cabeza con fuerza.

—No, señor. Juro que no puse los pies en la vía.

—Pero ¿podía ver la vía desde donde estaba?

No contestó. Miraba a todas partes sin fijar la vista en ningún punto. A Maigret le pareció que hacía un gran esfuerzo para no volverse hacia O'Neil.

Gotas de sudor se deslizaban sobre su frente, y empezó a morderse las uñas.

—¿Qué vio usted en la vía?

No contestaba, paralizado por el pánico,

—En ese caso, conteste a la primera pregunta: ¿cuándo vio usted por última vez a Bessy viva o muerta?

La angustia del Flamenco era tanta que toda la sala estaba en tensión, y algunos debían de tener ganas de gritar: «¡Basta!».

—He dicho viva o muerta. ¿Me ha entendido usted? ¡Conteste!

Entonces, Van Fleet se levantó de repente y estalló en sollozos, mientras agitaba negativamente la cabeza de una manera convulsiva.

—¡No he sido yo! ¡No he sido yo…! —gritaba, con la voz jadeante—. ¡Lo juro! ¡No he sido yo…!

Temblaba de pies a cabeza, presa de una crisis nerviosa; sus dientes castañeteaban, paseaba por la sala su mirada perdida, que parecía no ver nada.

O'Rourke se le acercó rápidamente y lo cogió con fuerza por un brazo, viéndose obligado a apretar con energía para evitar que el muchacho cayese desplomado. Lo condujo así hasta la puerta y lo puso en manos del gordo Gerald Conley, el *deputy-sheriff* del revólver con cachas talladas.

Le dijo algo en voz baja y luego fue a hablar con el juez.

En el ambiente reinaba la vacilación y la indecisión. El

fiscal se aproximó a su vez al juez y los tres discutieron durante unos instantes. Después dio la impresión de que buscaban a alguien. Llamaron a declarar a Hans Schmider —que estaba fuera, en el pasillo—, el hombre de las huellas, que tenía otro paquete en la mano.

Dirigiéndose al negro del jurado, el juez dijo:

—Si usted lo permite, vamos a escuchar a este testigo antes de preguntarles a los otros dos hombres. Acérquese, Schmider. Díganos qué ha descubierto esta noche.

—Me dirigía a la base en compañía de dos hombres y registramos la basura que iba a ser quemada. Esta se amontona en un terreno a cierta distancia de las construcciones. Tuvimos que utilizar linternas. Finalmente encontramos esto.

Del paquete sacó un par de zapatos, bastante usados, y, al enseñar la parte de abajo, señaló los tacones de goma.

—Lo he comparado con el molde que dejaron las huellas del recorrido número dos.

—Sea más claro.

—Llamo recorrido número uno al que va desde el coche hasta la vía del ferrocarril, siguiendo aproximadamente el recorrido de Bessy Mitchell. El recorrido número dos es el de las huellas que empiezan más abajo en la carretera, en dirección a Nogales, para ir a parar al mismo punto de la vía, no lejos del sitio donde se encontró el cuerpo.

—¿Ha podido determinar a quién pertenecen esos zapatos?

—No, señor.

—¿Ha preguntado al personal de la base?

—No, señor. Hay cerca de cuatro mil hombres.

—Muchas gracias.

Antes de salir, Schmider colocó los zapatos sobre la mesa del fiscal.

—¡Cabo Wo Lee!

Este se dirigió hacia el sitio de los testigos, y una vez más hubo que bajar el micrófono.

—No olvide usted que declara bajo juramento. Le hago la misma pregunta que a sus compañeros. ¿Cuándo vio usted a Bessy Mitchell por última vez?

No dudó. Sin embargo, guardó un instante de silencio, como era habitual en él igual que quien traduce mentalmente la pregunta a su propia lengua.

—Cuando ella salió del coche por segunda vez.

—¿No volvió a verla después?

—No, señor.

—¿Tampoco la oyó usted? —insistió el fiscal, a quien había hablado en voz baja O'Rourke.

Esta vez reflexionó un poco más, miró un momento al techo y alzó sus grandes pestañas de niña, que dejaban al descubierto unos ojos puros.

—No estoy seguro, señor.

De inmediato, buscó a O'Neil con la mirada, y pareció excusarse.

—¿Qué quiere usted decir exactamente?

—Oí ruidos, como si unas personas estuviesen discutiendo, al tiempo que se movían unos arbustos.

—¿En qué momento?

—Unos diez minutos antes de que llegase el coche.

—¿Se refiere usted al coche de Potzi?

—Sí, señor.

—¿Estaba usted en la carretera?

—Estuve allí todo el tiempo.

—¿Hacía mucho que habían despedido al taxi?

—Tal vez media hora.

—¿Dónde estaban sus compañeros?

—Cuando salimos del taxi primero caminamos juntos en dirección a Nogales, como ya he dicho. Creo que nos equivocamos de lugar y que nos detuvimos demasiado cerca de la base. Después de un tiempo dimos media vuelta y nos separamos. Yo seguí andando por la carretera. Oía caminar a Van Fleet a unos veinte metros hacia el desierto y O'Neil estaba más lejos.

—¿A la altura de la vía?

—Aproximadamente. En cierto momento oí ruidos.

—¿Reconoció usted una voz de mujer?

—No lo sé.

—¿Duró mucho tiempo?

—No, señor. Fue muy breve.

—¿No oyó la voz de Van Fleet ni la de O'Neil?

—Creo que sí.

—¿Cuál de las dos?

—La de O'Neil.

—¿Qué decía?

—Todo era muy confuso. Creo que llamaba a Van Fleet.

—¿Pronunció ese nombre?

—No, señor. Le llamaba Pinky, como siempre. Alguien echó a correr. Tenía la impresión de que seguían hablando en voz baja. Entonces fue cuando vi el coche que venía de Nogales y me adelanté hacia la carretera para hacerle señas.

—¿Sabía con certeza que sus compañeros se reunirían con usted?

—Pensé que oirían detenerse al coche y que vendrían.

—¿Ninguna otra pregunta, fiscal?

Este negó con la cabeza.

—¿Señores del jurado?

También dijeron que no.

—¡Se suspende la vista!

9

La botella plana del sargento

En vano trató Maigret de detener a O'Rourke al pasar. Este, atareado, caminaba rápido y se encerró en un despacho de la planta baja, que debía de ser el suyo. Debido al calor la ventana estaba abierta, de modo que se veía un desfile ininterrumpido durante la pausa de la vista.

Pinky estaba allí, sentado en una silla cerca de los archivadores verdes; le habían dado una bebida alcohólica para que se recuperase.

O'Rourke y uno de sus hombres le hablaban con amabilidad, como entre compañeros, y dos o tres veces el cabo sonrió.

La negra seguía deambulando por los pasillos con su bebé en brazos y con sus hermanos y hermanas haciendo de escolta, y, cuando se llamó a los miembros del jurado, fue la primera en entrar a coger sitio.

En definitiva, aquello se desarrollaba más o menos como en Francia, con la diferencia de que en Francia los interrogatorios se llevaban a cabo en uno de los despachos de la policía judicial, a puerta cerrada, en lugar de realizarse en público.

Los rostros de los miembros del jurado se veían más graves, como si notaran que se acercaba la hora de las responsabilidades.

¿Habría tomado la vista el mismo derrotero sin el negro no hubiese formulado esa pregunta? ¿Se habría encargado personalmente O'Rourke de que se plantease?

—¡Sargento Van Fleet!

Este tenía ahora el aspecto de un boxeador a quien le han dado una gran paliza en los asaltos anteriores y que se adelanta hacia su adversario para recibir el último golpe que lo dejará fuera de combate. Todos lo miraban con cierta piedad.

El público sabía que él estaba al tanto de lo que realmente había ocurrido, y todos deseaban conocer, por fin, la verdad. Al mismo tiempo, todo el mundo se sentía algo avergonzado por haberlo llevado hasta ese punto.

El juez dejó que el fiscal hiciese las preguntas, y este se levantó de nuevo dirigiéndose hacia el testigo lápiz en mano.

—Unos diez minutos antes de la llegada del coche que los condujo a los tres de vuelta a la base, ocurrió un incidente en la vía, cuyo ruido se oyó desde la carretera. ¿También lo oyó usted?

—Sí, señor.

—¿Vio usted algo?

—Sí, señor.

—¿Qué pasó exactamente?

Se notaba que había decidido contarlo todo. Buscaba las palabras; le faltaba muy poco para pedir ayuda.

—Hacía ya un buen rato que Jimmy y Bessy estaban manteniendo relaciones sexuales...

Era curioso oírle llamar a O'Neil por su nombre en ese preciso momento.

—Supongo que debí de hacer ruido sin querer.

—¿A qué distancia estaba usted de la pareja?

—A cinco o seis metros.

—¿Sabía O'Neil que estaba usted allí?

—Sí.

—¿Lo habían convenido así entre los dos?

—Sí.

—¿Quién compró la botella de whisky plana? ¿En qué momento?

—Fue un poco antes de que cerraran el Penguin.

—¿A la vez que las otras botellas?

—No.

—¿A quién se le ocurrió?

—A nosotros dos.

—¿Quiere decir O'Neil y usted?

—Sí, señor.

—¿Con qué intención compraron una botella que podía meterse en un bolsillo, tras haber bebido durante toda la noche, incluso en casa del músico?

—Queríamos emborrachar a Bessy, y el sargento Ward no la dejó beber tanto como ella quería.

—¿Ya en aquel momento tenían ustedes unas intenciones concretas respecto a Bessy?

—No demasiado concretas.

—¿Sabían que terminarían la noche en Nogales?

—Allí o en otro sitio. La cosa siempre acaba así.

—En resumidas cuentas: ¿ya sabían lo que pensaban hacer luego antes de salir del Penguin, es decir, antes de la una de la madrugada?

—Pensábamos que tal vez se presentaría la ocasión.

—¿Bessy sabía lo que se proponían ustedes?

—Sabía que Jimmy había ido varias veces a verla al bar.

—¿Wo Lee estaba al tanto de sus intenciones?

—No, señor.

—¿Quién llevaba la botella en el bolsillo?

—O'Neil.

—¿Quién la pagó?

—Los dos. Yo le di dos billetes de un dólar. Él puso el resto.

—Ya había otra botella en el coche.

—Nosotros no sabíamos que la dejarían allí y, por otra parte, era demasiado grande para esconderla.

—¿O'Neil trató de aprovecharse de Bessy cuando, al salir hacia Nogales, ella se sentó detrás?

—Supongo que sí.

—¿Le dio de beber alcohol?

—Es posible. No se lo pregunté.

—Si lo he entendido correctamente, les vino bien que se decidiera abandonar a Bessy en el desierto.

—Sí, señor.

—¿Hablaron entre ustedes?

—Nos entendimos sin necesidad de hablar.

—¿Decidieron en ese momento quitarse de encima a Wo Lee?

—Sí, señor.

—¿No se les ocurrió que Ward y Mullins regresarían al desierto?

—No, señor.

—¿Suponían ustedes que Bessy consentiría a mantener relaciones?

—Ya había bebido mucho.

—¿Y pensaban ustedes hacerla beber aún más?

—Sí, señor.

A esas alturas, Van Fleet contestaba ya a las preguntas más embarazosas.

—¿Qué pasó para que tardasen cerca de media hora en encontrar a Bessy Mitchell?

—Supongo que le pedimos al taxista que se detuviese demasiado pronto. También nosotros habíamos bebido. Es difícil reconocer de noche un lugar determinado de la carretera.

—Ustedes intentaron una segunda vez convencer a Wo Lee de que regresara a la base. Cuando dieron media vuelta, ¿caminaron los dos por el desierto?

—Sí, señor.

—¿Estaban juntos?

—O'Neil iba a mi derecha, a unos veinte metros. Podía oír sus pasos. De vez en cuando, él silbaba suavemente para hacerme saber dónde estaba.

—¿O'Neil encontró a Bessy en la vía?

—No, señor. Muy cerca.

—¿Estaba durmiendo?

—No lo sé. Lo supongo.

—¿Qué pasó exactamente?

—Oí que él le hablaba con dulzura, y comprendí que se había tumbado a su lado. Bessy primero creyó que se trataba del sargento Ward. Después se echó a reír.

—¿Él la hizo beber?

—Tal vez sí, pues oí el ruido de la botella vacía al caer sobre la piedra, probablemente en la vía.

—¿Qué hizo usted durante ese tiempo?

—Me fui acercando lo más silenciosamente posible.

—¿Lo sabía O'Neil?

—Supongo que sí.

—¿Se habían puesto de acuerdo?

—Más o menos.

—Entonces ¿fue cuando ocurrió algo imprevisto?

—Sí, señor. Debí de engancharme en algún matorral e hice ruido. Entonces Bessy se soltó y se enfureció. Gritó que éramos unos cerdos, que la tomábamos por una puta, pero que nos equivocábamos. O'Neil trató de hacerla callar, por temor a que la oyera el cabo Wo Lee.

—¿Siguió acercándose usted?

—No, señor. No me moví. Pero ella me vio. Bessy nos insultó, amenazando que se lo contaría a Ward y que este nos rompería la cara.

Pinky hablaba con voz monótona, en medio de un silencio absoluto.

—¿O'Neil la sujetaba contra su cuerpo?

—Bessy le pidió que la soltase, mientras se debatía. Por último, ella consiguió liberarse y echó a correr.

—¿Sobre la vía?

—Sí, señor. O'Neil fue tras ella. Bessy apenas se sostenía sobre sus piernas y corría en zigzag. Tropezó varias veces en las traviesas. Al final, se cayó.

—¿Y luego?

—O'Neil gritó: «¿Estás ahí, Pinky?».

»Yo me acerqué y le oí decir: "¡Es una ramera!".

»Me pidió que fuese a ver si estaba herida. Yo le dije que fuese él, porque yo no me atrevía. Me encontraba mal. Oía acercarse un coche por la carretera. Entonces Wo Lee nos llamó.

—¿Ninguno fue a ver en cómo se encontraba Bessy?

—O'Neil sí que se fue. Se inclinó un poco sobre ella. Estiró la mano, pero no llegó a tocarla.

—¿Qué dijo al regresar?

—Me dijo: «Nos ha jugado una mala pasada. No se mueve».

—¿Llegaron a la conclusión de que estaba muerta?

—No lo sé. No podía hacerle más preguntas. El coche nos estaba esperando. Se veían sus faros. Se oía la voz del chófer…

—¿No pensó usted en el tren?

—No, señor.

—¿O'Neil no hizo ninguna alusión a ese respecto?

—No hablamos durante el trayecto.

—¿Y una vez en la base?

—Tampoco. Nos acostamos sin decir palabra.

—¿Alguna pregunta, señores del jurado?

Nadie se movió.

—¡Sargento O'Neil!

Los dos hombres se cruzaron ante la silla de los testigos, evitando mirarse.

—¿Cuándo vio usted a Bessy Mitchell por última vez?

—Cuando cayó sobre la vía.

—¿Se inclinó usted sobre ella?

—Sí, señor.

—¿Estaba herida?

—Me pareció ver sangre en su sien.

—¿Creyó usted que estaba muerta?

—No lo sé, señor.

—¿No se le ocurrió trasladarla a otra parte?

—No tenía tiempo, señor. El coche estaba esperando.

—¿No pensó usted en el tren?

Dudó un momento.

—No me paré a pensarlo, no.

—¿Estaba dormida cuando la encontró usted cerca de la vía?

—Sí, señor. Se despertó casi de inmediato.

—¿Qué hizo usted?

—Le di de beber.

—¿Mantuvo usted relaciones sexuales con ella?

—Justo estaba empezando, señor.

—¿Qué les interrumpió?

—Bessy oyó un ruido. Al ver la silueta del cabo Van Fleet entendió lo que ocurría y empezó a debatirse, gritándome insultos. Tuve miedo de que la oyese Wo Lee. Traté de hacerla callar.

—¿La golpeó?

—No lo creo. Estaba borracha. Me arañó. Yo traté de hacerla entrar en razón.

—¿Tenía usted la intención de matarla para que se callase?

—No, señor. Consiguió escaparse y echó a correr.

—¿Reconoce usted estos zapatos? ¿Son suyos?

—Sí, señor. Al día siguiente, pensé que podrían encontrar huellas mías en la arena y los tiré.

—¿Alguna pregunta más?

Cuando O'Neil abandonó la silla de los testigos, el juez llamó:

—¡Señor O'Rourke!

Este se limitó a levantarse sin abandonar su sitio.

—No tengo nada que añadir. A menos que quiera hacerme alguna pregunta.

Adoptó un aire modesto, casi sorprendido, como si no hubiera tenido nada que ver con lo que acababa de suceder, y Maigret dijo entre dientes: «¡Viejo zorro!».

Entonces, como si se sintiese abrumado, el juez leyó un texto, confiando la custodia del jurado a Ezequiel, quien debía impedir que ningún miembro se comunicase con nadie mientras durase la deliberación.

Luego dio algunas instrucciones a los cinco hombres y a la mujer, y se los vio desaparecer en una sala contigua, cuya puerta de nogal se cerró tras ellos.

En la galería volvían a verse las camisas blancas, los puros y los cigarrillos y las botellas de Coca-Cola.

—Creo que le dará a usted tiempo de ir a comer —dijo O'Rourke a Maigret—. Si no me equivoco, tienen para una o dos horas.

—¿Leyó usted mi nota?

—Discúlpeme, se me olvidó.

Sacó el sobre de su bolsillo, lo abrió y leyó una sola palabra: «O'Neil».

Por un instante su sonrisa, siempre un poco burlona, desapareció y miró fijamente a su colega.

—¿Ya sabía usted que no lo hizo a propósito?

En lugar de contestar, Maigret le preguntó:

—¿Qué le pasará ahora?

—Me pregunto si podrán acusarlo de violación, puesto que, al principio, la chica consintió en mantener relaciones. Y él no la golpeó. Pero se le puede acusar de falso testimonio.

—¿Y eso puede costarle diez años de cárcel?

—Sí. Son unos críos, pero unos críos malvados, ¿verdad?

Sin duda, los dos estaban pensando en Pinky y en su crisis nerviosa. Los muchachos, los cinco, se hallaban en la sala cerca de Maigret y de O'Rourke. El sargento Ward y Mullins se miraban a hurtadillas, como si lamentaran haber sospechado el uno del otro.

¿Se reconciliarían, volverían a ser amigos? ¿Se olvidarían de lo ocurrido en la cocina?

Ward, tras dudar un momento, aceptó el cigarrillo que Mullins le ofreció, aunque no hablaron.

Wo Lee había hecho cuanto pudo para responder honestamente a las preguntas, intentando no perjudicar a sus compañeros. En ese momento, estaba solo, apoyado en una columna, bebiendo una Coca-Cola que le habían llevado.

Van Fleet hablaba en voz baja con el *deputy-sheriff* Conley, como si aún desease explicarse, mientras O'Neil, solo, con el rostro hermético, observaba, con una mirada feroz, el patio, donde los chorros de agua refrescaban el césped.

«Críos malvados», había dicho O'Rourke, dispuesto ya a iniciar alegremente una nueva investigación.

El *chief deputy-sheriff* propuso a Maigret, como si no supiera qué decir:

—¿Vamos a tomar algo rápido?

¿Qué les impedía recuperar la cordialidad y el buen humor del día anterior? Se dirigieron al bar de la esquina, donde se encontraron con algunos de los que habían pasado los dos días anteriores en la audiencia. Nadie discutía del asunto. Cada cual bebía en soledad.

El sol se reflejaba en las botellas multicolores de las repisas. Alguien echó una moneda en la máquina de música. Un ventilador zumbaba en el techo y fuera pasaban coches de carrocería reluciente y agradables de conducir.

—A veces ocurre —empezó Maigret con voz nerviosa— que uno se siente incómodo en un traje de confección que nos aprieta en las sisas. Y también a veces esa molestia se hace tan insoportable que nos dan ganas de arrancárnoslo.

Apuró su vaso de un trago y pidió otro. Recordó las confidencias que le había hecho Harry Cole, y pensó en los miles o cientos de miles de hombres que, en miles de bares, ahogaban conscientemente, en ese momento, la misma nostalgia, el mismo deseo imposible, y que, al día siguiente, por la mañana, con la ayuda de una ducha y de una botella para recomponer los estómagos, se convertían de nuevo en buena gente, libre de fantasmas.

—Por desgracia ocurren accidentes —dijo O'Rourke, cortando con cuidado la punta de un puro.

Si Bessy no hubiera oído el ruido... Si, debido a lo borracha que estaba, no se hubiese imaginado que la trataban como a una perdida...

Cinco hombres y una mujer —unos viejos, un negro, un indio con una pata de palo— estaban reunidos bajo la vigilancia de Ezequiel y se esforzaban —en nombre de la sociedad consciente y organizada— en dar un veredicto justo.

—¡Hace media hora que le estoy buscando! ¿Cuánto tiempo necesita para hacer su equipaje, Julius?

—No lo sé. ¿Por qué?

—Mi colega de Los Ángeles está impaciente por verle. Hace unas horas, al salir de un club nocturno de Hollywood, han asesinado a uno de los gánsteres más famosos del Oeste. Mi colega está convencido de que ese asunto le interesará. Dentro de una hora, tendrá a su disposición un avión que lo llevará directo hasta allí.

Maigret nunca volvió a ver a Cole, ni a O'Rourke, ni a los cinco hombres de las Fuerzas Aéreas. Nunca supo el veredicto. Ni siquiera tuvo tiempo de comprar las tarjetas postales con la imagen de un cactus en flor que pensaba enviar a su mujer.

En el avión iba escribiendo en un pequeño cuaderno apoyado sobre sus rodillas:

Mi querida señora Maigret:

El viaje está resultando excelente y los colegas de aquí son muy amables conmigo. De hecho, diría que los americanos son amables con todo el mundo. En cuanto a describirte el país resulta bastante difícil, pero figúrate que hace diez días que no he usado chaqueta y que llevo el pantalón sujeto con un cinturón de vaquero. Y menos mal que no me dejé convencer, porque si no ahora llevaría botas y un sombrero de ala ancha, como los que se ven en las películas del Oeste.

Efectivamente, estoy en el Oeste, y en este momento me encuentro sobrevolando unas montañas en las que aún pueden encontrarse indios con plumas en la cabeza.

Lo que empieza a resultarme irreal es nuestro piso del bulevar Richard-Lenoir y el pequeño café de la esquina que huele a calvados.

Dentro de dos horas aterrizaré en el país de las estrellas de cine y…

Cuando se despertó, su pequeño cuaderno había resbalado de sus rodillas; una azafata, tan guapa como las que aparecen en las portadas de las revistas, le estaba poniendo amablemente el cinturón de seguridad.

—¡Los Ángeles! —le anunció la joven.

Maigret vio, en un plano inclinado, porque el avión estaba virando sobre un ala, una gran extensión de casas blancas, entre colinas verdes, al borde del mar.

¿Qué hacía él allí?

« Certes, ils préfèrent que je ne voie pas certaines choses.
Mais ce qu'il ne faut surtout pas, c'est que je leur en raconte d'autres ».

« — Vous direz tout?
— Et vous?
— J'essaierai. Si je n'y parviens pas, je m'en voudrais toute ma vie ».

«Sin duda, prefieren que yo no vea ciertas cosas.
Pero lo que no debe ocurrir, sobre todo, es que les cuente otras».

«—¿Usted lo dirá todo?
—¿Y usted?
—Trataré. Si no lo consigo, me lo reprocharé toda la vida».

PEUPLES QUI ONT FAIM, 1934